SHANGHAI LITERATURE & ART PUBLISHING GROUP

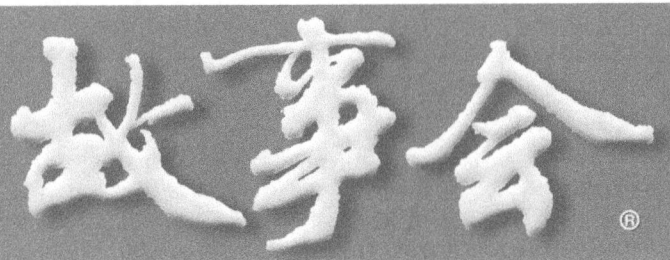

故事会
精品系列

# 骗局故事

I0517160

上海锦绣文章出版社
上海故事会文化传媒有限公司

上海文艺出版（集团）有限公司

**图书在版编目（CIP）数据**

骗局故事 《故事会》编辑部编 – 上海：上海锦绣文章出版社
（故事会精品系列） ISBN 978-7-5452-1015-6

Ⅰ．①骗…Ⅱ．①故…Ⅲ．①故事 作品集 中国 当代 Ⅳ．I247.8

中国版本图书馆 CIP 数据核字 (2011) 第 207696 号

丛 书 名：故事会精品系列

书　　名：骗局故事

主　　编：何承伟

编　　委：何承伟　吴　伦　姚自豪　夏一鸣


责任编辑：刘迎曦　鲍　放

装帧设计：王　伟

责任督印：张　凯


出　　　版：上海锦绣文章出版社

　　　　　　上海故事会文化传媒有限公司

POD 海外发行：中国图书进出口上海公司

　　　　　　电话：021–36357888

　　　　　　传真：021–36357896

　　　　　　地址：上海市虹口区广中路 88 号

　　　　　　邮编：200083

# 目　　录

## 循循"善诱"

## 黄雀在后

## 道高一丈

# 黔 驴 技 穷

心术正则行为端。窘迫之时莫怪时运不济，要怪就怪心底的贪虫作祟而马失前蹄。

# 两个牛小儿

从前,北京有个后生叫牛小儿,南京有个后生也叫牛小儿,这两个牛小儿都没了父母,都独自一个人生活。

北京牛小儿是个买卖人,这天想到南方贩点货,就带上银两去了南京;南京牛小儿却是个小混混,眼看着自己在家乡混不出名堂,就打算到北京去。于是,他们两个在途中一棵大槐树下碰面了。

当时是八月天气,虽然已是后半晌,但还是很热,北京牛小儿坐在大槐树下乘凉,又拿出烤饼来吃,南京牛小儿走到这里,正饿得肚子咕咕叫,见北京牛小儿吃得津津有味,馋得哈喇子都流出来了。北京牛小儿一看南京牛小儿这副饿相,心想出门在外不容易,就请他一起坐下吃。

　　两人边吃边聊，各自介绍自己家在何处、姓甚名谁。北京牛小儿见南京牛小儿名字跟自己一样，年龄又相仿，觉得很亲热，言谈间便向南京牛小儿打听南京的市场行情，说自己想去做趟买卖。

　　南京牛小儿嘴上说着话，心里却打起算盘来，他见北京牛小儿人很老实，就想骗他身上的银子来花，于是便撒谎说自己父亲在北京经商，有好几年没回家了，这次自己就是奉老母之命去北京找父亲的，没料前天住店时被小偷偷走了银子，看来只好沿途乞讨去北京了。他一边说，一边还用手拼命揉眼睛，做出很难过的样子。

　　北京牛小儿果真是个老实人，一听就信，赶紧打开包袱取出十两银子，送给南京牛小儿，还对他说："四海之内皆兄弟，何况咱们还是同名同姓的一家子，这点银两你拿去吧，早点找到父亲，早点回南京团聚，免得你母亲在家久等。"

　　南京牛小儿装出一副非常不好意思的样子，半推半就地接过银子。不过，他嘴上虽然千恩万谢，其实心里还不满足，见北京牛小儿包袱里的银子大约有七八十两，便想全部据为己有。

　　他眉眼一转，看到旁边正好有个井台，就对北京牛小儿说："你一定渴了吧？我过去看看，能不能弄点水喝。"他快步走到井台边，忽然回头高叫："快！你快来看呀，这井里是啥东西？"

　　北京牛小儿心眼实，真就跑过去探头看。这是一口深井，井下水面离井口有三四丈深，北京牛小儿嚷嚷说："啥东西？我怎么没看见？"

　　南京牛小儿这时候便抓住他后背猛一推："你下去仔细看吧！"把他推入了井里。

　　南京牛小儿估计北京牛小儿必死无疑，就赶紧跑到大槐树下去捡北京牛小儿的包袱，有了这一大笔银两，还去北京干什么？他于是掉头就回南京。

再说北京牛小儿，因为井水深，被推入井里后倒是没有摔伤，他脚往井底一蹬，就浮到水面上来了。可问题是那井壁太光太滑，他根本无法往上爬，幸亏井壁上有一条石缝，于是他就拼死抠住这道缝，加上水的浮力，才没有再次沉入井底。

起初，北京牛小儿心里还有些踏实，人泡在水里，对着井口大喊"救命"，总会有人路过这里，听到喊声就能把自己拉上去。可喊了好长时间都无人应答，一直到天黑也不见有人来打水，他不由绝望了：看来自己要不明不白死在这口井里了。

说起来，为什么半天没人来井里打水、也没有人路过这里呢？这口井的东边倒是有个庄子，但这天偏偏是中秋，庄里人都在家团聚，过路客商也歇了脚，所以自然就路断人绝了。可怜北京牛小儿，帮了别人自己却反而中了奸计，被推到了鬼门关前，他泡在井里，饥寒交迫，真是苦不堪言。

直到半夜，忽然刮起一阵大风，过后，北京牛小儿突然听到井上传来一阵说话声，他心里不由一阵欣喜，再细听，原来是八仙打这儿路过，正坐在大槐树下歇息。

铁拐李说："东边庄上的人到这儿来打井水要走不少路，也太难了。"

韩湘子说："这有什么难的，他们庄子东头的柿子树下就能打出一口好井，怎么就没人知道？"

吕洞宾说："嘿，他们庄里还有一样好东西呢，更没人知道了。"

何仙姑问："啥好东西？"

吕洞宾说："南京王爷的宝贝女儿小郡主得了怪病，王爷贴出榜文，有妙手回春者可赏万两黄金，赐其三品高官，可是请遍天下名医也束手无策，知道有什么办法吗？"

何仙姑挺好奇："你说来听听。"

吕洞宾说："这庄上王员外家的桃园今年只结了一个桃，如果把这桃分三次喂给小郡主吃,她的病准好。"

北京牛小儿听到这里觉得分外好奇,猛地,他想到自己还在井中,就想张嘴呼救,可忽然一阵风刮过,就什么声音也没有了。北京牛小儿知道这是八仙走了,只好继续在井下熬着,一直熬到天亮,庄上有人来打水,才把他拉上来。

庄上人好心肠,把北京牛小儿扶到庄上,王员外亲自吩咐家人给他换上干净衣服,又好菜好饭相待。席间,王员外问起他怎么跌落井里的,北京牛小儿不愿提及南京牛小儿以怨报德的事,就说是自己路过时不小心掉落的。

随后,北京牛小儿问王员外:"庄里明明能打井,你们为啥还要跑那么多路去那井里挑水呢?"

王员外奇怪地看着北京牛小儿,说:"我请过好几次风水先生和打井匠,都没挖出水来,你怎么知道我们庄上能打井?"

北京牛小儿不敢直说昨晚八仙路过的事,就说自己自小学过些看地的本事,刚才一路过来,看到这儿的地形才这么说的。王员外一听半信半疑,他随北京牛小儿来到庄东头的柿子树下,吩咐庄丁挖井,才挖下去三尺多深,就有泉水涌出,只两天的工夫,一口井便打成了,那井里的水清清的、甜甜的,庄里家家户户来挑水,一口气挑走了几百担,可井水一点不见少。

王员外大喜过望,赶紧拿出一堆金银,要重谢北京牛小儿。北京牛小儿不肯收,可王员外执意要给,北京牛小儿转念一想:那收八十两吧,就算作是弥补被南京牛小儿拿走了的损失。可再一想:不行,十两是自己送给人家的,不能算在内,于是就又放回去了十两。

随后,北京牛小儿对王员外说:"我还想向员外要一样东西。"

王员外说:"先生请尽管直说。"

北京牛小儿便道:"我想在你家桃园里摘个桃,可以吗?"

王员外一听,苦笑道:"这哪有不行的,我巴不得多送你一些才好。可不瞒你说,今年奇怪得很,我这十亩桃园只结了一个桃,所以就只能送你一个桃了,真是不好意思啊!"

就这样,北京牛小儿带着这个桃子告别了王员外,日夜兼程来到了南京王府。

王爷听说眼前这个毛头小伙能治小郡主的病,怎么也不相信。可奇怪的是:小郡主吃下北京牛小儿切的第一片桃后,病势减了三分;第二天又吃了一片,病势减去了七分;到第三天,小郡主把剩余的那片挑吃下后,她已经能坐在窗前抚琴了。

其实,小郡主的病是有来由的:小郡主从小生在深宅大院,整天郁郁寡欢,长大后,前来求亲的人很多,可没有一个能让她中意的,这才忧郁成疾。这次见了北京牛小儿,小郡主见他心地善良,容貌端庄,顿生爱慕之心。王爷知道小郡主的心思后十分恼火,无奈宝贝女儿以死相逼,只好成全她的心愿。

就这样,北京牛小儿在南京和小郡主成了亲,夫妻两人十分恩爱。

这一天,北京牛小儿走在街上,看到一个要饭的很面熟,仔细一瞧,正是南京牛小儿,就吩咐侍从把他带到王府。起初,南京牛小儿以为自己冒犯了王爷什么,吓得直哆嗦,当认出眼前这位就是当初的北京牛小儿时,慌得一下就瘫倒在地上,一个劲儿地磕头求饶。

北京牛小儿见南京牛小儿如此狼狈,十分奇怪:"当初你手头有了那么多银子,怎么还会落到今天这地步?"

其实,南京牛小儿当初拿了北京牛小儿的银两后,根本没有好好去干正事儿,天天吃喝嫖赌,很快就把这些银子挥霍一空,过后只好又继续流落街头混饭吃。但是此刻,这家伙见北京牛小儿问话的口气里并没有责罚他的意思,甚至还带着几分同情,便又大着胆子撒起谎来:"我在北京找到父亲后,他不久就一病身亡，我便把他运回来安葬，这一路上银子就花光了。后来母亲又病倒在床，我只好要饭来养活她老人家。唉，怪只怪我以前一时糊涂，做了对不住你的事，请你念在我母亲无人供养的份上，饶我一命吧！"

北京牛小儿一听又相信了，对南京牛小儿说："想不到你还有这点孝心，罢了，我不跟你计较。说来我倒是还应该感谢你，要不然我也没有今天！"说着，他就把当初在井下受困时巧遇八仙的事说了，又让侍从取出一百两银子给南京牛小儿，一边送他出门，一边嘱咐说，"拿去做点生意，以后好好跟你娘过日子吧。"

南京牛小儿回家后一直琢磨北京牛小儿巧遇八仙那档子事，他听人说，每年八月十五中秋，八仙都要来人间走走，不由心想：北京牛小儿那个傻小子都能偷听到神仙说话，我为什么不去碰碰运气？于是到了第二年中秋这天，南京牛小儿就自己跳进那口井里，像当初北京牛小儿那样抠着井壁上的石缝，一门心思等八仙路过。

果然，被南京牛小儿这家伙等到了！那天晚上，八仙又来了，又在大槐树下歇息，南京牛小儿可兴奋啦，屏住呼吸听着。

只听见吕洞宾笑着说："去年从这儿路过，不知怎的泄露了天机，南京小郡主的病治好了，那庄里的井也打出来了。"

铁拐李说："打出来了？既然那庄里有了井，谁还跑远路到这儿来打水？这井也没用处了，我看还不如封了它，免得害人。"

南京牛小儿听到这里，吓傻了，他想大喊"救命"，可是还没喊出声来，井就被封上了……

（罗蜀疆）

（题图：黄全昌）

# 全方位服务

中秋之夜，正是千家万户团聚赏月的时候，住在豪华别墅里的白主任却被一个电话吓得团团转，那圆胖脸如同一张白纸，冷汗从上面不停地滚落下来。

白夫人急忙问："老白，你怎么啦？"

白主任神情沮丧地说："妈的，有人举报我，上面派了个姓黑的下来调查，住在一招，刚才打电话来，要找我去谈谈。"

老公平时做下的事，老婆心里自然清楚，白夫人顿时面孔变了色。

两人商量来商量去，决定由白夫人出面，先带二万元钱去探探路，想办法让那姓黑的将大事化小、小事化了。

白夫人本就有倾城之貌，经过一番精心打扮，更加艳丽多姿,她来到一招,找到那个姓黑的,赶紧作自我介绍。

此时,房间里只有姓黑的一个人,白夫人于是一边拉着姓黑的手,把二万元钱塞进他衣兜里,一边娇声说:"老白的问题,还请领导多多关照哪!"

姓黑的不动声色,坐在沙发上,点上一支烟,深深地吸了一口,然后两只眼睛盯着白夫人,慢慢悠悠地说:"人家举报信写得有根有据,看来你老公的问题非常严重。这次既然派我来调查,我……嘿嘿嘿!"

白夫人不接他这话茬,抛出媚眼,讨好地起身去拉他:"嗨呀呀,今晚我哪儿也不去了,我陪您……"

为了丈夫,为了保全自己的家,白夫人任这个姓黑的在她身上折腾了一夜。

第二天清晨,白夫人回到家,泪流满面地向白主任汇报昨晚的经过。尽管代价惨重,但这样终究给自己保了职位保了权,白主任也只好认下了。

吃过早饭,白主任便按照夫人和姓黑的约定,踌躇满志地去一招见姓黑的那家伙。然而出乎意料的是,此时姓黑的早已人去屋空,唯一留下的是一张纸条,上面写着:"白主任:多谢尊夫人全方位服务。"署名"黑鼠"。

什么上面下来调查的领导,原来自己碰上了一个大骗子。白主任顿时呆若木鸡,又惊又气,半天缓不过神来……

(陈福云)

(题图:李　加)

# 等候醉鬼

姜末中学毕业后一直没有固定工作,今天卖卖盗版书,明天摆个什么打弹子的游戏盘,反正自个儿挣钱自个儿花,房子是父母生前留下的,日子倒也过得去。可最近整顿市场秩序,查得紧,他已经半个多月没有进账了。

这天傍晚,姜末吃过晚饭出了门,其实他啥事也没有,就是在家里闷得慌,想到外面走走,散散心。

从小区后门出去有一条小路,平时就很清静,这天就像戒严了似的,连一个人影也没有,姜末猜想也可能是最近新闻里报道过杀人狂作案的事情,大概大家吓得晚上不敢出来了。姜末胆子大,他不怕,据说这杀人狂专找女青年下手,他姜末就更不把这事儿放在心上了。

姜末正边想边走着，只见对面不知什么时候突然走过来一个摇摇晃晃的男子，身上酒气冲天。这酒鬼走到姜末身边的时候，一弯身，"哇"地就朝地上吐起来，姜末吓得赶紧跳到一边，还好，这酒鬼嘴里吐出的污物没沾在姜末身上。

那酒鬼吐了一会，没了声音，姜末正要凑近去看是怎么回事，那酒鬼突然身子一软倒在了地上，接着就"呼呼"地打起鼾来。姜末捂着鼻子赶紧要走，就在这个时候，他一眼瞥见酒鬼身上那鼓鼓的衬衣口袋，心里不禁一个"咯噔"：如果是钞票，就不是一点点！

姜末屏住气，忍不住伸手上去一摸，果然是钞票！再掏出来一数，整整一千五百块。姜末虽说平时不怎么务正业，可倒也没干过偷鸡摸狗之类的事，所以这会儿，他心里紧张得"咚咚"直跳。

姜末左看右看，路上一个人也没有，再看看那酒鬼，睡得像死猪一般。他心里不由动起心思来，对自己说：这家伙醉成这个样子，糊里糊涂地睡在这儿，这钱我不拿也会被别人拿去。哼，不拿白不拿！

这么一想，姜末便把一千五百块塞进了自己口袋。可转了个身，他又从口袋里掏出一张，塞进醉鬼口袋里：给你留一张吧，就算是我谢你了。

轻轻松松就捞了一大把钱，姜末从此便养成了晚饭后散步的习惯。

可过后的大半个月里，姜末就没有这么好的运气了，倒在脚边的酒鬼毕竟千载难逢嘛！他想想这样等下去，岂不成了"守株待兔"？脑子一转，就决定主动出击，看到喝醉了的人，就悄悄跟在后面，等着人家倒地。可一段时间下来，这样的情况还是很少能碰上，姜末于是又改变方案，主动去靠近那些酒鬼，跟他们搭话，然后趁对方糊里糊涂的时候，在他们眼皮底下把钱掏走。

几个月下来，姜末就成了打劫酒鬼的高手，他只要看上一眼，就能猜出那家伙醉了几分。而且也不再像先前那样满街瞎溜达，而是晚上九点直奔福庆美食一条街，因为那儿灯火辉煌的酒店一家挨着一家，晚上九点正好是那些食客差不多吃完了的时候，酒店门口出现醉鬼的几率比较高。

这天晚上九点，姜末又来到福庆街上，守在一家酒店门口，他把自行车停好，然后靠在后车座上，装作等人的样子。果然，只隔了一会儿，一伙满面红光的食客就摇摇晃晃地从酒店里出来了，其他人或打的或二三人同路，很快散开，只剩下一个人，看上去已经有些站不住了。

姜末快步上去，搂住那人的肩膀，说："老哥，你让我找得好苦呀！我从红梅饭店、迎客松酒家、黄山茶厅一直找到这儿，总算找到你了。"

那人两只眼睛"扑瞪扑瞪"地盯着姜末，说："你……找我……找我干什么？"

姜末说："怎么，老哥你忘了？我们不是约好晚上八点在中华宾馆门口，小弟要还你老哥钱的吗？上次的工程款，五万块，老哥还没拿呢。"

那人摸摸后脑勺，说："有这回事？我没拿钱？没拿？"

姜末使劲儿朝他点头："老哥你真没拿，你自己怎么忘了？钱就在我车里。咦，车钥匙呢？"姜末边说边在自己身上摸起来，"车钥匙怎么不见了？老哥，是不是在你身上？"

那人一听，赶紧摸自己口袋："车钥匙……在你……我……我……"

"是呀，大哥，你快找找，在不在你身上？来来来，我帮你找！"姜末见那人说话已经明显口齿不清了，就大模大样地在他身上一只只口袋摸起来，自然就摸到了一个皮夹，拿出来，打开，把钱抽了，又把皮夹放回去。

那人这时候已经昏昏沉沉地将脑袋搭在了姜末的肩上,直喊姜末"大哥"。姜末从从容容地把钱放进自己口袋,然后掏出自己的一串钥匙,在那人眼前晃晃,说:"找到了,钥匙果然在你这儿。你在这里别走开,我给你拿钱去。"

大功告成,姜末蹬上自行车,哼着小调,就朝自己家里奔。

经过一段密密的绿化带时,突然,又是一股浓浓的酒气朝姜末迎面扑来,姜末左右看看没人,就果断地把车停了下来,他敢肯定,这附近一定有个醉鬼。此刻,姜末心里真是高兴坏了:嘿呀呀,今晚老天要我发财,那我就不客气啦!

姜末把车在路边停放好,然后就循着酒气找过去,果然在路灯照不到的灌木丛里发现了一个男人,正躺在石凳上。姜末乐得心花怒放:看样子这回连废话都不用说就能得手了!他赶紧俯下身,把手往男人的皮夹克内袋里伸去。

突然,姜末觉得不对劲:这人怎么和自己以前碰到过的酒鬼不同?人喝醉了,身体应该软得像烂泥一样,而这个人不但身体硬,呼吸也很轻。他下意识地扭头去看他的脸,这一看就惊呆了!为啥?那男人正瞪着姜末,脸上的那两只眼睛就像黑夜中的一对猫眼。

刹那间,姜末明白过来了:这人根本没醉。

的确,这男人确实没醉,他呼吸里一点酒气也没有,那酒味全是从他身上穿的皮夹克上散发出来的,明摆着这酒是故意洒上去的。可是,没等姜末想清楚这男人为什么要这么做,男人就已经顺势翻身扑倒在了姜末身上,手里还捏着一根自行车的车闸线。

"杀人狂!"姜末瞥眼看到这根车闸线,顿时浑身一颤。新闻里说这杀人狂受到失恋刺激,平时专门在深夜袭击穿红衣服的女青年,作案用的正是这种车闸线。凶犯为掩人耳目故意装成醉鬼,以待时机,没想姜末今晚主动送上了门。

　　凶犯用两只手死死摁住姜末的脖子,姜末则拼命挣扎。当他快撑不住的时候,突然意识到自己的手还伸在凶犯皮夹克的内袋里,一个念头从他脑子里闪过,他便用这只手使劲在凶犯胳肢窝里挠起来。

　　凶犯对姜末这一手可是一点准备都没有,立刻被挠得"嘿嘿"怪笑着从姜末身上滚下来,车闸线也从他手里滑落到了地上。

　　姜末眼疾手快,赶紧顺势一翻压在凶犯身上,然后就像武松打虎似的抡起拳头狠狠往凶犯头上、身上砸。连砸了数十下之后,凶犯终于不动了,姜末赶紧用车闸线把他捆了个结实。

　　出动全市警力追捕了近两个月的杀人狂,就这样被姜末抓获了,姜末受到了有关部门的表扬。不过在警署,姜末还是主动交代了自己犯下的事儿,现在他算是想明白了:只要是干坏事,手段再高明,也难逃法网。

(朱田银)

(题图:魏忠善)

# 引爹入室

华局长一整天都坐立不安,为啥?他接到乡下老爹打来的电话,老爹在电话里气哼哼地说,明天要到城里来,让华局长把自己的那些破事儿做个了断,不然非拧烂他耳朵,把事情捅到单位去不可。

华局长知道老爹是说他养小蜜的事,可他奇怪的是,这事儿怎么就让远在两百公里外的乡下老爹知道了呢?华局长打小就怕他老爹,长大当了官,在外头净骂别人,可一回老家就蔫了,用华局长老婆的话说,就是华局长小时候已经被他爹骂得落下了病根。

华局长老爹偏又是个爱管闲事的倔老头,有一副火爆爆的牛脾气,眼睛里容不下一粒沙子。现在老爹说明天就来,这下华局长愁死啦:老爹要是真把事情捅到局里,那可如何是好? 思来想去,他决定以出差为名,唱一出空城计。眼下正是农忙时节,老爹就是来了,见不到他,肯定在城里熬不了几天就得打道回府,等老爹气消了,也许就没事了。

可再细细一思量,华局长又觉得这办法也不行。因为按老爹的脾性,见不到人肯定上火,一上火就要乱说话,这养小蜜的事儿不管是传到局里还是老婆耳朵里,都难收场,最好是想办法堵住老爹的嘴。

华局长眉头一皱,急忙叫来心腹秘书小许。

如此这般一说,小许就朝华局长拍胸脯:"局长,您放心,这事儿不难办,您就交给我吧!"

第二天,天快擦黑的时候,小许就等候在局机关的门口,果然,没多会儿,一个瘦瘦的老头闯了进来。小许张开笑脸迎上去,说:"您就是华老爹吧? 快请上车,我送您去吃晚饭。"

瘦老头一愣,看着小许问他:"你是谁?"

小许说:"华局长知道您老要来,特意让我来接待您的。"

瘦老头一听可不高兴了:"那小子人呢? 上次说的那个……"

小许怕老人开口乱说,忙解释道:"实在不凑巧,华局长今天去省里开紧急会议去了,他让我专门在这儿等您。"

瘦老头似乎不买小许的账:"既然是要紧事,他走了也就罢了,不用你陪,我自己上他家等他去。"

小许一听这话急了,忙拉住瘦老头说:"华老爹,我先陪您去吃饭,吃过饭,我用车把您送到华局长家去,您看这样成吗?"

瘦老头一听,这才跟小许走了。

吃过晚饭,小许用车把瘦老头送到市郊一处幽静的别墅里,瘦老头疑惑地问:"小伙子,你把我领到这里做什么? 我要去那小子家等他。"

小许忙好言相劝:"华老爹,这是华局长新买的房子,也是他的新家,华夫人这两天正好带着您的小孙子回她娘家去了,所以华局长才让我来安顿您。您看,这里多安静多宽敞,您老在乡下操劳太劳累了,今天就好好在这里歇歇吧。"

小许边说边就给华老爹泡了一杯龙井茶,然后就带着他参观起别墅来。小许的本意是想让华老爹开开眼界,没想华老爹一边看一边骂:"这小子,哪来这么多钱烧包,买这么大的房子?哼,我早料到他要出事儿,现在可让我给逮着了!"

小许只好讪讪地笑:"华老爹,华局长买下这么大的房子,还不是想以后接您来城里住?您有这么好的福气,该高兴才是啊!"

小许带着华老爹在别墅里上上下下兜了一圈,回到客厅后,他对华老爹说:"好了,老人家,我也不多说了,您今天路上累了,还是早点休息吧!听华局长说您好喝茶,这杯'龙井'您先把它喝了吧,消消食,养养胃。"说完,他讨好地把刚才泡的茶端给华老爹,老人也不客气,"咕嘟咕嘟"一口气喝了个干净。

小许见这时候时间已经不早了,又给老人说了几句客气话,然后就退了出来。

走出别墅大门,小许招招手,有一妙龄女子突然从暗处出来,小许在她耳边说了几句什么,然后她就径直进了别墅,而小许则钻进了小车。十分钟以后,小许见别墅里的灯熄了,便立刻开车走人。原来这女子是小许特地从酒吧里物色来的,给她的任务就是今晚伺候好华老爹。本来小许还担心自己这个办法不一定能行得通,没想别墅里的灯这么快就熄了,看来这女子有点手段。

第二天早上,小许准备去别墅看看,他料定过了这一夜,华老爹即便是天大的牛脾气,也不好意思再追问华局长的事,更不好意思在城里待下去了。可谁知,他刚来到别墅门口,华老爹就气冲冲地拉着那女子朝他奔过来,小许一看吓坏了。

　　华老爹不容小许开口，就大骂起来："小王八蛋，你耍的哪门子把戏，想把老子拉下水？亏你想得出这种馊主意！哼，快帮我给那小子打电话，老子倒要问问，这是不是他支的鬼招儿？"

　　小许一听慌了神，生怕老人一闹，华局长嫌自己办事不力，忙说："华老爹，求求您，别再追问下去了，都是我的错。我知道，华局长打小就没娘，您一直也没再娶，又当爹又当娘，屎一把、尿一把地把他拉扯大，不容易。华局长每次说起这些，就满眼泪花呢！"

　　可任凭小许说得多么动情，华老爹就是不理他的茬，追问他道："我问你，你是不是在那杯茶里使了坏？"

　　小许埋下头，一句都不敢分辩。

　　华老爹不依不饶地说："我这个乡下老头，黄土都快埋脖子了，现在却要留个坏名声回去，还害了人家。唉，我真是没脸活了，我要死给你看……"话没说完，他就用头去撞小许。

　　小许没料事情会是这样的结果，急得冷汗直冒，央求道："老人家，千错万错都是我的错，求您看在华局长的面上，千万别想不开呀！事情都到这地步了，您说咋办就咋办吧！"小许说得声泪俱下，就差没给老人跪下了。

　　华老爹长叹了口气，一脸无奈地说："你得保证，这事儿除了你和那小子，不能让第三个人知道，能做到吗？"

　　小许当然鸡啄米似的点头。

　　华老爹指指身边的女子，又说："她既然是我的人了，我得对人家负责，我想带她走，你看合适不？"

　　小许心想：这女人本来就不是什么正经货，给她些钱，叫她先跟华老爹走，日后随便找个机会开溜，不就得了？于是，便又点点头。

　　华老爹于是道："她是城里长大的，我要带走她，往后的开销可不是一笔小数目。所以，你得给我钱！"

小许问："多少？"

华老爹说："先给五万吧。"

小许一愣，心里暗骂："真是装正经，到最后不还是要钱？"可嘴上却为难地说："五万可不是小数目，我一下哪拿得出这么多钱呀？"

华老爹一听，不吱声，拉着女子掉头就走。小许一看当然害怕，立刻放软了口气："好好好，五万就五万，唉，谁让您是华局长的爹呢？"

华老爹这才顺了气，瞪眼瞧着小许说："小伙子，记着，我这么做，也是想教训教训你们这些耍歪心眼的人！"

小许有些窝火，觉得华老爹真不是个平常的乡下老头，玩了女人要了钱，到头来反倒是还得了理似的。不过所幸的是，华老爹始终没提华局长养小蜜的事，自己也算是为华局长分了忧，于是当即从局里的小金库里提了五万块，交给华老爹，并把他和那个女子送上了回老家的车。

看着车子开没了影，小许总算松了口气，于是便赶紧给华局长打电话，一五一十汇报情况，自然也有邀功的意思。华局长听后虽然觉得自己老爹做得有些过分，但小许以丑制丑摆平了自己的事儿，心里的石头落了地，就着实把小许夸了一通，放心地去了自己的办公室。

可谁想，华局长的屁股刚在椅子上坐热，华老爹突然闯了进来，华局长惊得张大了嘴巴，结结巴巴地说："爹，你咋……咋回……回来了？"

"啥'回来了'？我才刚到城里，就直奔你这儿来了。我倒要问你，这两天你到哪去了？"华老爹边说边拍拍身上的尘土，"咕咚"喝了一口华局长放在桌上的热茶，接着说，"你工作忙就忙吧，可就是外出开会也不能把手机关死呀，还不给媳妇说一声，她把电话都打到我那儿去了，问你是不是回家了。你怎么能撒谎骗媳妇呢？我这回来,就是要你听我一句乡下话:老婆孩子热炕头,掰不开的窝窝头。你得给我个态度!"

华局长一听华老爹这番话,有些摸不着头脑,不过因为知道了昨晚小许安排的那档子事儿,他便对华老爹说:"爹,你不是昨天就来的吗？不是昨晚还在我新买的别墅里住了一宿吗？"

华老爹气呼呼地说:"你说的什么屁话？我刚刚进的城,昨晚下雪,我还在我那大炕上享福呢!"

华局长一听愣住了,他知道自己老爹从不讲假话,更不会装傻。可如果真是这样,那小许那边又是怎么回事呢？华局长忙打电话把小许叫来。

小许进门就问:"局长,您找我有事？"

华局长指指他爹,问:"昨天是你带我爹去别墅的吧？"

小许这才认真看了一眼站在一旁的老人,可是立刻傻了眼,脸色惨白道:"局长,怎么……怎么他是您爹？您……您就这一个爹……"

华局长一看小许这个样儿,立刻明白了:肯定是哪个王八蛋昨天碰巧来找他,小许没问清楚,那人就顺势冒充他爹,骗财劫色。

华局长不由大怒,朝小许吼道:"这点小事你都办不好？快,快去那别墅看看,少东西了没有？"

小许慌慌张张地立刻开车载着华局长赶到市郊,走进别墅一看,傻眼了:别说贵重首饰之类,就连能搬得动的家具,都不见了踪影。这还不算,最叫华局长胸闷气短的是,放在橱里的一大摞他和小蜜鬼混的照片,也全都"拜拜"了。

华局长冷汗"刷刷"地从额头直往外冒,看来,这出"引爹入室"的戏恐怕要把反贪局给引来了!

(吴相阳)

(题图:王申生)

# 贼溜子进屋

　　有个贼，偷技不高，但花言巧语会蒙人，他登堂入室偷东西，如果碰巧家里有人，总要连哄带骗加恐吓地让你把钱拿出来，贼性油滑，因此人们叫他"贼溜子"。

　　这天，贼溜子得知有个儿子刚从银行取了二万块钱出来，想给父亲办人寿保险，但还没办就出差了，于是当天晚上便攀上那家阳台，听听屋里没动静，就溜进客厅，掐断电话线，在客厅里寻找起那二万块钱来。

　　可是找了半天，什么也没找到，他便又推开了里屋的门，探头一瞧，吓了一跳：沙发上竟坐着个瘦老头，在看电视。

　　贼溜子想赶紧退出来，却发现老头只是盯着电视看，而电视里却只有画面没有声音，老头一点没有意识到有人推门进来，反而跟着电视里的剧情手舞足蹈地咧嘴直笑。贼溜子觉得很奇怪,眉眼一转,索性试探着走进屋去,站在老头面前。

老头见屋里突然冒出个陌生人,吃了一惊,张大了嘴巴。

贼溜子急忙笑道:"大伯,别害怕,我是保险公司的,你儿子让我给你办保险……"

老头好像没有明白贼溜子在说什么,他笑嘻嘻地看着贼溜子,双手比划着,嘴里"呀呀"直叫。这下贼溜子明白了,不由心中暗喜:这老头原来是个哑巴!

贼溜子不懂哑语,看桌子上有笔有纸,就顺手写道:大伯,我是您儿子的朋友,是保险公司的,为您上门服务来了。接着,又试探着另外写了张收条:今收到预缴保险费壹万块整,办完手续后,下午给您送保单来。最后还胡乱落了个名字。

老头拿过一看,朝贼溜子点点头,又拿过笔,在纸上写下"谢谢"两字,然后就从柜子里拿出一万块,交给贼溜子,将收条收起。

贼溜子一看,自己居然三言两语就骗到了一万块,真是兴奋无比,正打算走人,又一想:既然哑巴老头这么好糊弄,我何不再从他这里多弄点钱回去? 于是,他又在纸上写道:大伯,我是您儿子的好朋友,您儿子已经答应借给我一万块,我是不是可以把这一万块也一起带走?

这一回老头没有上当,他在纸上写道:家里没有现钱。

眼看借钱不成,贼溜子变了脸,衣襟一撩,亮出了插在皮带上的亮晃晃的匕首,他把老头逼到沙发上坐下,然后开始在柜子里翻了起来。

正捣腾着,贼溜子猛一回头,顿时大惊:那老头拿了个手机,正在发短信。嗨,想不到哑巴老头还有这一手! 贼溜子立刻扑上去,把手机夺过来,一看,还好,老头短信还没写完。他于是就想戏弄戏弄这个哑巴老头,稍一思索,就把短信改成:儿子,家里平安,请放心! 然后得意地一边哈哈大笑,一边就把短信发了出去。

接着,贼溜子把老头的手机装进了自己裤兜里,又拔出匕首朝老头胸口捅了捅,老头吓得坐在沙发角落里直喘粗气,不敢吭声。

这时候,老头的手机突然在贼溜子的裤兜里震动起来,贼溜子拿出来一看,是老头儿子回的短信:爸爸,平安就好。我明天回家。贼溜子乐得装模作样地把儿子的短信给老头学说了一遍,见老头规规矩矩地坐着一动不动,他彻底放了心,于是便不慌不忙地继续翻箱倒柜起来。

这时候,门铃突然急促地响了起来,贼溜子心里一紧,悄悄走到门边朝猫眼里一瞅,禁不住打了个寒战:门外站着两个警察! 贼溜子立刻慌了神,也顾不上再找钱了,立刻走到阳台上,顺着下水管道"哧溜"一下滑了下去。可是他双脚刚着地,就被守候在那里的公安给抓了个正着。

贼溜子怎么也搞不懂,究竟是谁报的警呢?

其实,报警的是哑巴老头的儿子。儿子知道父亲是哑巴,就与父亲约定:万一家里发生什么事,就写反话。如此,平安写成"有贼",现在真有贼来了,自然就写"家里平安"啦。

自作聪明的贼溜子哪里料到他们父子俩会有这样的约定呢?

(王道庄)

(题图:安玉民)

# 第二张石椅子

有个女孩叫小倩，是一家沐足中心的按摩师，年轻漂亮，嘴又会说，按摩手艺也不错，所以来这里洗脚的客人都挺喜欢她，经常有人请她出去吃夜宵，去唱歌，去跳舞。小倩很贪玩，只要客人请，她都乐意去。

沐足中心有个编号是"8"的按摩师，也是个女孩，和小倩还是好朋友，两人合租一个房住，8 号常劝小倩少跟客人出去，可小倩总是听不进去，依然我行我素。

这天凌晨，有个帅哥请小倩去丽晶大酒店吃夜宵，小倩一口答应。可谁知两人坐上出租车没多久，小倩发现车子突然调头拐上了一条偏僻小道，她立刻惊叫起来："司机，开错了吧，丽晶大酒店不走这条路啊？"

可让小倩更加吃惊的是,坐在她旁边、原本看上去一脸斯文的帅哥,此时却突然露出了狰狞的面孔,他一把将小倩摁倒在座椅上,照准她脑门就是一拳。当小倩后来晕晕乎乎醒来时,发现自己已经被关在一间空屋里,手脚被捆了个结实,嘴也被胶带封住了,身体一点动弹不得。原来,那出租车司机和帅哥是一伙的,他们见小倩醒了,便撕开了封在她嘴上的胶布。

小倩惊恐地喊道:"你们想干什么?"

帅哥一边耍弄着手里的匕首,一边狞笑着说:"不想干什么,只想借点钱花花。不多,四万,一分不能少,否则⋯⋯"帅哥说到这里,把匕首在小倩眼前恶狠狠地比划了一下。

小倩吓得尖叫一声,颤抖着说:"钱好说,好说,我给你们,求你们放了我,放了我吧!"

帅哥伸手从小倩上衣口袋里掏出手机,说:"放你可以,你马上打电话,叫你朋友把四万块钱准备好,今晚九点,放到江滨公园七孔桥旁第二张石椅子下面。我们收到钱,自然就会放了你。"

小倩一听,脑子里立刻跳出8号的影子,赶紧就拨她的号码。电话一接通,小倩就忍不住哭起来:"呜呜呜,姐啊,我不该不听你的话,我出事了,你快救救我⋯⋯"

8号此刻正在睡梦中,被小倩的电话叫醒,忙问是怎么回事。小倩说:"姐,我被绑架了,绑匪要我拿四万块。你快到店里去开我的工衣柜,里面一件青色西装的内袋里有三张存折,加起来正好四万。姐,你千万别报警,不然我就没命了⋯⋯"接着,小倩便在电话里告诉8号这三张存折的密码。

只听电话那头传来8号哭哭啼啼的声音:"天哪,怎么会这个样子?我这就去办,太可怕了!"

接下来,是漫长而又令人焦虑的等待。直到晚上十点,帅哥和司机回来了,笑眯眯地摸了把小倩的脸,说:"嘻嘻,还算识相,这回就放过你了。"说完,他们把小倩的眼睛蒙上,塞进车里,仍旧开到那条偏僻小道上,然后把她推下车,扬长而去。

小倩把蒙着眼睛的布条解下来,撒腿就跑。这时候,四周又黑又静,根本看不到一个人影,不知跑了多久,她才遇上一辆大货车,好心的司机让小倩上车,送她回住地,并帮她报了警。

警察很快就来了,其中一个一边问话一边做笔录,问完小倩,又问8号。8号说:"天亮后,等银行一开门,我就用小倩的存折,按她说的密码,从银行里把四万块钱提出来,当晚九点准时来到江滨公园,把钱放到了七孔桥旁第二张石椅子下面。"

警察问她:"你确定是放在第二张石椅子下面了吗?"

8号点点头说:"是的,我确定,是第二张石椅子下面。"

问话的警察和另一个警察对视了一眼,说:"现在请你跟我们走一趟,我们怀疑你涉嫌这桩绑架案。"

小倩和8号全都惊得目瞪口呆,异口同声地问:"为什么?"

警察对8号说:"不巧得很,江滨公园的石椅子因为年久失修,正好昨天白天全部搬走了,新的椅子还要过几天才能运来,哪有第二张石椅子给你去放钱?"

小倩听了惊骇不已,不敢相信地望着8号:"这是真的吗?为什么?"

8号见瞒不下去了,只好承认说:"小倩,你……因为你风头太盛,我怎么也做不过你。我以前是这里的红牌,可是现在我的老客人都被你抢光了,只要被你按摩过,他们以后就都不来找我了。我咽不下这口气,所以就叫男朋友和我弟弟去收拾你一顿。我并不想害你,只是想要你破点财……"

直到警察把8号带走,小倩还愣在那里,像木头人一样不知所措……

(何德伟)

(**题图**:安玉民)

# 大毛和小毛

　　小毛开"大货"去顺江,听说那里所有的路口都装了电子眼,这东西厉害,就像交警时时刻刻盯着你一样,只要违反交通规则,它都会给你记着算总账,于是平时开惯了英雄车的小毛,在顺江开车就特别小心。

　　可不知怎么回事,电子眼就偏偏盯牢了小毛,他在顺江总共开了不到半天的路程,出差回去后没多少时候,竟收到五张罚单。小毛想不明白自己到底错在哪里,又不好不交罚款,心里真是憋气。

　　三个月以后,小毛又去顺江运货,这天车到那里天色已晚,他便在路边挑了一家可以停车的旅店住下来。和小毛合住一个房间的是个中年光头,没想对方也姓毛,也是开大货的,小毛顿时就觉得和他有了缘分,于是安顿好之后,两人就在旅店餐厅里点了几个菜,要了一瓶"二锅头",边喝边聊起来。

聊着聊着,就聊到了电子眼上,小毛不提也罢,一提心里就来气,便把自己吃冤枉罚单的事说给光头大毛听。

大毛眯着眼睛看看他,笑呵呵地说:"小老弟,你不用愁,看在我俩今天这缘分上,我等会儿教你一招,包你这回在顺江开车特自在,红灯也敢闯,违章也照开。"

小毛不信。

大毛拍拍小毛的肩说:"小老弟,我哪能骗你呢? 这样吧,"他用手指在自己的酒杯里蘸了点酒,在桌上划了"0775"四个数字,"这是我车牌号的前面四位数,你现在猜最末一位是多少,你可以猜三次。猜对了,我就把绝招告诉你;猜不着,那得罚你喝三杯酒。"

小毛嘀咕说:"你无聊不无聊,凭空猜什么车牌号?"

可大毛硬要他猜。

小毛随口就说:"1?"

大毛摇头。

小毛又说:"那就是2?"

大毛还是摇头:"你动动脑筋嘛!"

"那……"小毛被大毛这么一说,有点不好意思,想了想,说,"那一定是6了,不是大家都喜欢6嘛!"

"你小子真是死脑筋!"大毛跳了起来,"这有什么难猜的,是8! 7758不就是'亲亲我吧'?"

小毛生气了:"你这是在拿我寻开心!"

大毛手一指窗外,说:"谁寻你开心了? 我的车就停在那里,不信你去看。"

小毛真的就去看了,回来对大毛说:"行了,算你会玩花样。"

这下大毛可得意了,拉过小毛,附着他耳朵说:"猜车牌是我逗你玩的,哄你开心嘛!要说真的,其实你刚才猜的几个车牌号我都有。"

小毛一听愣住了:"你一辆车怎么能有几个车牌号?"

大毛瞥他一眼,说:"多做几个备着嘛!嘿嘿……"

大毛正说到这里,突然,从餐厅门外进来两个警察,问:"刚才是谁打的110?"

小毛"呼"地站起来,指指大毛说:"是我,克隆车牌号的司机就是他。"

大毛傻呆了。

大毛哪里料到,他让小毛猜的"7758",正巧就是小毛的车牌号,所以小毛趁刚才出去看车的当儿,打110报了警。

（翟德军）

（**题图:**李 加）

# 偷 鸡 蚀 米

天下没有免费的午餐,若为蝇头小利引火上身,那还真应了"聪明反被聪明误"的老话。

# 瓮中捉鳖

　　有个小偷,东偷西偷,连连得手,很快由穷变富。他有了钱,便到城里买了一套两室一厅的商品房,带了老婆、儿子,一家三口住进新房,过起了城里人的生活。

　　当然,这小偷进城以后还是干他的老本行,但又觉得难以下手,因为城里比乡下复杂,那一个个住宅小区就像迷宫似的,一幢幢高楼看上去也都是差不多的式样,一样的楼门,进去又是一样的楼梯,两下一转就分不出东南西北,有好几次,小偷甚至出门后差点连自己的家都找不到了。更麻烦的是,小偷发现,城里人几乎家家户户都装防盗门和防盗窗,防范如此严密,他哪还敢轻易下手?

　　但这小偷眉眼很活络,不久之后他很快就打听到:城里人那看上去挺威严的防盗门,其实许多只不过是用来装装门面、吓唬吓唬胆小鬼的。他的一个和他一样的三只手朋友,就曾经用自家钥匙打开过三户人家那玩意儿。这消息使小偷信心倍增,于是决定大干一场。

不过真要动手,小偷还是有点心惊胆战,于是这天晚上,他在路边大排档叫了两个菜,喝了一斤白酒,然后才借酒壮胆,去了一个居民小区。

此时已是半夜,小偷抬头一看,除了少数几家还亮着灯外,周围一片漆黑。小偷开心啊,借着酒胆钻进一个门牌号,上楼后侧耳一听,静悄悄的,于是便从衣袋里摸出自家钥匙,一试,果然轻而易举地就把人家那门打开了。

他进屋后把门一关,屋里黑咕隆咚的,什么也看不清,只听见从里面房间里传出一阵阵呼噜声,这表明这家主人正在熟睡之中,小偷顿时放下心来。根据以往的经验,他在黑暗中屏声息气站了会儿,再睁大眼睛看,就稍稍能看清眼前的场景了。

首先映入他眼帘的,是墙边的暖气片,这使他突然想起了自己的老婆。他老婆老喜欢把私房钱塞在暖气片和墙壁之间的夹缝里,这家女主人会不会也这样呢?想到这里,小偷便蹑手蹑脚地来到暖气片旁边,伸手一摸,哈,果然摸出一个纸包!打开一看,里面真是一大叠人民币。

这下小偷乐了,转身又朝挂在墙上的一个镜框走去,因为那个镜框使他想起了他老婆的另一个习惯,就是每天早晨对着镜框梳妆打扮,戴上金银首饰,而每晚睡觉之前,就将摘下的首饰放在镜框后面。他想:假如这家女主人也跟自己老婆一样习惯的话,那就根本用不着再翻箱倒柜地折腾,就可让自己满载而归了。

想到这里,小偷又将手往镜框后面伸去。可这回哪里知道,他金银首饰没摸到,镜框却被碰了下来,只听"哐啷"一声,镜框掉在地上被摔了个粉碎。

夜深人静的时候,这声音简直赛过地震,主人当即就被惊醒。这家主人是个女的,长得五大三粗,而且大胆泼辣,被惊醒后一骨碌从床上跃起,连鞋子都来不及穿,就扑了上来。

小偷知道大事不妙,急忙拉门,想夺路而逃,却不想越慌越误事,他跑错了方向,竟一头钻进了卫生间,再想返身出来,可这时候卫生间的门已经被眼疾手快的女主人锁上了。

女主人随即跑出去大喊:"快来人哪!快来抓小偷呀!"

女主人这一喊,惊动了左邻右舍,大家纷纷出来增援。一问,知道小偷被关在卫生间里了,都高兴地说:"好,太好了,这叫'瓮中捉鳖',这家伙逃不了啦!"

可既然是瓮中的鳖,它就会咬人,所以不能轻易将门打开,否则让这家伙逃了怎么办?情急之下,有人想到了110,于是赶紧拿起电话报警。

三分钟后,警察赶到了,他们打开卫生间的门,喊道:"快老老实实出来,你逃不了了!"

可奇怪的是,里面没有一点动静。警察开亮了灯一看,小偷直挺挺地躺在地上,已经晕过去了。

警察上去一搜,小偷身上没有武器,只有一大包钞票。

警察去问女主人是否丢了钱,女主人急忙到暖气片后面去摸,一摸,就大叫起来:"哎呀,五千多块钱没啦!这个该死的贼真有本事,连藏在这里的钱都能被他找到,莫不是他长着一双贼眼?"

女主人气得拨开人群挤进卫生间,想看看这小偷究竟长得啥模样。一看,不觉大吃一惊,两手一拍叫道:"天哪!原来是你这个死鬼呀!你要钱就跟我说嘛,为啥要……"她"偷"字没出口,便扑倒在小偷身上号啕大哭起来。

小偷被她这一哭,醒过来了,一个跟头坐起来,一把推开女人骂道:"我又没死,你哭个屁!"

邻居们这时候真是觉得又好气又好笑:"这两个神经病,玩笑也开得太过火了!"

警察却严肃地说:"这是开玩笑吗? 不,玩笑后面大有文章。"

他们对小偷喝道:"起来,跟我们到局里走一趟!"

(作者:薛　涛;讲述者:吴文昶)

(题图:谭海彦)

# 难兄难弟

　　刘七每次上完夜班回家,都走滨江大道,因为这时候已经是凌晨了,江边的空气特别新鲜。

　　这天,他下班回家,正在滨江大道上走着,突然传来一阵沉闷的呼救声,不觉大吃一惊:莫非有人抢劫?他本想悄悄溜走,但那呼救声声声入耳,容不得他一走了之,于是便壮壮胆,朝叫声处走了过去。

　　走到近前一看,刘七发现,叫声是从大道边的一口窨井里传上来的,井下有个男人,正在齐腰深的水里挣扎。

　　那男人看到刘七,急忙求他:"快救救我,救救我!我给你钱,给你许多许多钱!"

　　刘七一听男人说话这口气,猜想他肯定是个有钱的主,想了想,就对他说:"大路朝天,各走一边,你怎么会往这洞洞里钻的呢?"

男人在井下晃着脑袋说:"唉,别提了,该我晦气,碰到个'野鸡',她把我骗到这里,抢我的钱和手机不算,临走前还和她同伙一起将我推到井里。他妈的,老子大江大海都闯过来了,没想到会在阴沟里翻了船。兄弟,只要你把我拉出去,我保证给你钱!"

刘七朝他笑笑,说:"你的钱不是都已经被那个野鸡骗走了吗?你还拿什么给我?"

"这你放心,"男人说,"我还有支票,还有卡,龙卡、金穗卡、太平洋卡……你怕啥?"

"那……你打算给我多少?"

"给一万!噢,不不不,给你二万!二万,怎么样?"

"你的命……就只值二万?"

男人一听刘七这话,知道自己碰上了个心狠手辣的,但在眼下性命交关的时刻,自己除了满足他的要求,又有什么办法呢?于是只好答应刘七说:"只要你救我出去,你要多少钱我都给。"说着,从口袋里掏出一个本子,扔出井口,"这是支票,要多少你自己填吧!"

刘七捡起本子看了看,心想:这人肯定是大老板,是大老板就一定会挣钱。他脑子一转,笑笑说:"既然你这么大方,我一定救你出来。不过我还有个要求,你上来以后,一定要教我个挣钱的绝招,让我也做做老板。"

男人连连点头:"行,我一定教,一定教!"

就这样,井上的刘七和井下这男人达成了协议。然后,刘七便叫男人解下皮带,又接上自己的皮带,费了好大的劲,终于把他拉了上来。

此时,男人活像只落汤鸡,不停地打着寒战。

刘七忙对他说:"你这样会冻坏的,快把挣钱的绝招告诉我,你好早点回家去换衣服。"

男人摇头:"别忙,别忙,你那支票我还没盖章,等于废纸,你拿去没用。"

刘七一想:对呀!于是把支票递还给他,说:"那你就盖上章吧!"

男人一摸口袋,惊叫起来:"糟了,我的章放在包里,包又丢在井里了,怎么办?"

他怕刘七不信,就把刘七拉到井边,指指划划地说给他听。趁着刘七探头的当儿,他猛一推,将刘七推入了井里。

刘七怎么也没想到男人会突然来这一手,急得一边挣扎一边大骂,可男人却在井上哈哈大笑,还说:"你就在下面尝尝我刚才的滋味吧!老实告诉你,下面啥也没有,我所以要推你下去,那是因为咱俩是难兄难弟,我贪色,你贪财,结局都一样。"

刘七一听,气得大骂:"你这混蛋,不得好死!"

男人说:"你现在骂死我也没用,嘿嘿,你不是要我教你挣钱的绝招吗?告诉你,这就是最绝的一招——逢人留一手。你自个儿在下面慢慢琢磨去吧,我先走了!"说完,扬长而去。

刘七孤零零地留在井下,叫天天不应,喊地地不灵……

(作者:田诗范;讲述者:吴文昶)

(题图:箭 中)

# 一针打出的蹊跷

这天傍晚，镇医院男性病防治科专家门诊来了个年轻人，只见他瞅了眼四周，操着一口外地口音说："大夫，我有点不舒服……"

这天正好是主任医师吴成大夫值班坐诊，他给年轻人一检查，神色严峻地摇摇头，说："这病你自己心里应该最清楚，对医生要讲实话，我好对症下药。"

年轻人被吴大夫这么一说，脸涨得通红，愣了半晌，只好把实情说了出来。果然，如吴大夫所料，他在打工期间经不起发廊小姐的诱惑，做下了几次荒唐事。

知道了确切病因，吴大夫的脸色缓和下来，语重心长地对年轻人说："你呀，年纪轻轻的，该懂得要自爱呀！你这么做，对得起你远在老家的父母吗？幸亏现在还是轻度感染，还来得及治。"他说着，给年轻人开了个处方，又说，"这药贵是贵了点，五百元，但都是最新进口的，疗效高，好得快。你先在医院里把针打了，药片和药膏带回去，记着，得按它上面写的要求定时服用。"

年轻人问："这能……能除根吗？"

"什么话呀？"吴大夫指指挂在诊室门口的牌子，有些生气，"我这是专家门诊，你只要按我说的去做，病情三天后不见轻，半月内不除根，尽管来找我。"

年轻人一听吴大夫这么说，放心了，这才千恩万谢地离开。

可谁料只隔了一夜，第二天一早，这年轻人就来找吴大夫了，进门直哼哼："大夫，您昨天给我打的什么针呀？疼死我了！"他边说边把裤子扒下来，给吴大夫看。

吴大夫发现他臀部针眼处一片红肿，不解地问："昨天打针前不是做过皮试的吗，没有发现过敏呀？"他见年轻人疼得龇牙咧嘴的样子，便让护士又给他注射了一支脱敏止疼针，年轻人这才感觉好些。

可谁料，事情远没有这么简单。

当天夜里，吴大夫在家里正准备上床睡觉，一个电话被值班医生叫去了医院。

这回，那年轻人是被人抬来的，他臀部那个针眼周围竟出现了一块块指甲盖大小的红斑。吴大夫见状不禁倒抽一口冷气，忙安排他住院观察治疗。

眼看着年轻人的情况越来越不妙，疼痛不断加剧，吴大夫动用了医院里的所有仪器，可仍然查不出病因。这下他心里发了毛，只好抖抖簌簌地去找院长汇报。

院长一听，赶紧去病房看年轻人，回办公室后问吴大夫："他究竟得的什么病？你是怎么给他治的？"

"其……其实他就是皮肤出了点湿疹,我给他开了点药……药膏。"一向伶牙俐齿的吴大夫,这时候说话竟结结巴巴起来。

院长眼睛一瞪:"你别给我遮遮掩掩的,这事儿我刚才已经听病人自己说过了,你不是还给他打过什么最新的进口针吗?这是什么针?从哪儿进来的?"

吴大夫见院长这么问,知道事情瞒不住了,便"吭吭哧哧"地说了实话:"哪……哪有什么进口针,我看他是个外地民工,又干过那事,心想不宰白不宰,就骗他说是得了性病,让护士给他打庆大霉素……"

院长一听火了:"你怎么能这样坑病人呢?怪不得现在来医院看病的人越来越少,都是被你们这些人吓走的!"

被院长这么一说,吴大夫尽管低着头,心里却不乐意了,嘀咕说:"院长,话是这么说,可您把每年的承包费标准定得这么高,我不想点办法,到年底哪来那么多钱给您?"

吴大夫这话虽然说得轻,倒是把院长戗住了。

这院长姓黄,自从来到镇医院,眼瞅着有点小本事的医生纷纷流失,剩下的几十口职工都抬头等着他要饭吃,真是急得双脚跳。后来经人牵线搭桥,他认识了这位出自名医世家、曾在市医院工作过的吴大夫吴成,吴成主动向他提出承包医院皮肤科的要求,条件是将皮肤科改为男性病防治科,承包后他每年按规定向医院交纳承包费。黄院长当时就像瞌睡时有人递来个枕头,所以立刻就和吴成谈妥了承包费用,并且在吴成预付了诊室租金后,和他签下了承包合同。

可谁知吴成承包不到半年,就出了这样的事。

黄院长思忖再三,觉得当务之急是要将风波平息下去,于是便对吴成说:"现在废话少说,你赶快把给那年轻人打的这批庆大霉素针剂送去化验,我再出面去请县医院的专家来给他会诊一下。不过我丑话说在前头,这一切费用可得由你自己承担。"

庆大霉素针剂化验和专家会诊的结果很快就出来了，基本排除了药物引起皮肤过敏的可能。

这就奇怪了，因为年轻人的病情还在继续发展，红斑范围越来越大，右腿还时常伴有抽搐痉挛现象发生。专家们认为：就目前医院的医疗设备水平，如不能及时查清病因，控制病情发展，将很有可能导致患者右腿残疾，建议立即将患者送省医院诊治。

黄院长一想：如果将患者送去省里，如此跑一趟少说也得上万，治好了也罢，若还是查不出病因，这钱岂不是打了水漂？他想找吴成商议此事，却不料竟找不到了他的人影。

有人说，吴成是去他原来工作的医院想办法去了。可问题是两天过去了，仍不见他踪影。黄院长着了急，便给市医院挂电话，没想一提吴成的名字，对方竟哈哈大笑起来，说："他算哪门子医生？他只是我们这儿的一个勤杂工，去年已经买断工龄回原籍了。他父亲倒是我们医院皮肤科的老专家，不过早已去世多年……"

黄院长一听，目瞪口呆。

真应了"祸不单行"这话，黄院长这头刚放下电话，医院办公室陈主任就领着几个人来了。陈主任朝黄院长使了个眼色，刚说了"家属"两个字，来者中一个年轻女人就冲着黄院长大哭起来："你们医院把俺男人害成这样，你说咋办吧？"

黄院长估计家属是来"狮子大开口"的，吓得心里"怦怦"直跳，他尽量让自己稳住神，招呼他们几个坐下，然后反问道："你们说，这事儿怎么办才好呢？"

来者中有个中年男子，他指指年轻女人说："俺是她哥，院长您不晓得，他们家有老有小，生活困难得很呀！你们是公家医院，总不能坑老百姓吧？俺同俺妹商量了，除了医疗费，你们医院每天再给她一百元误工费，她男人这么躺着，她不能不管，还怎么去上班？"

黄院长一听急了："我们医院又不是银行，哪能给得起这么多钱？再说，这件事你妹夫本身也有责任，他若不去那种地方，会得这病吗？"

可是黄院长话没说完，那年轻女人就哭喊起来："话怎么能这么说？俺们是花钱来治病的，不是让你们治坏的，你们要不掏钱，俺就去法院告你们！呜呜……俺就坐这儿不走了！"

说老实话，黄院长最怕的就是病家这一手，一旦事情闹大，再将吴大夫讹病人多收费的事抖搂出来，自己当院长的能有好果子吃吗？可若是依了对方条件，目前患者连病因都没查清，谁知道这个无底洞啥时才能填满？他左思右想也没个主意，眼下只好先点头将事态平息了再说……

第二天上班，黄院长去住院部询问那个年轻人的病情，听说仍无好转迹象，不由连声叹气。

值班医生见黄院长愁成这样，就出主意说："院长，俗话说'公了不如私了'，咱医院干脆赔点钱，和他们一次性了结算了。"

黄院长一听直摇头："这种人命关天的事，他们怎么肯私了？你太天真啦！"

值班医生说："院长，您不如去试试。昨夜我去查房的时候，听病人在对他老婆说，他不想耗下去了，只要给他二万元，他就回去找土方治。"

"真的？"黄院长一听，仿佛溺水人捞住了根稻草，立即叫办公室陈主任拿个方案出来，去与病家谈判。

经过讨价还价，双方立下协议，医院一次性支付一万元医疗赔偿费，年轻人从此与医院两清，永不再算后账。

不过，医院虽说是花钱消了灾，可黄院长心里却恨透了吴成，发誓要和他算账。可要抓到这小子谈何容易？时间一久，黄院长也就把此事先放在了一边。

嘿，世上有的事就是怪，黄院长不找吴成了吧，这家伙却自动上门来了。

黄院长看到吴成真是气不打一处来，揪住他怒不可遏地大吼："好小子，你还敢来？"

相比之下，吴成却显得冷静多了，他不动声色地说："黄院长，您先松手，冤有头、债有主，我就是为这事来的。"

原来自从出事后，吴成吓得东躲西藏，惶惶不可终日。这天，他找到他父亲当年徒弟开的一家小诊所，准备去那里混口饭吃，谁知一见面，那徒弟正在唉声叹气，吴成一问，方知他是因为给一位拉肚子的外地民工打了一支消炎针，不料引起针眼处大面积红肿，可明明看上去是严重感染，却不发烧，白血球也不见减少，查来查去查不出原因，后来经人说合，对方提出私了，那徒弟正为这笔赔偿金发愁。吴成一听，这情况怎么和自己碰到的事儿一模一样？他问清徒弟碰到的对方民工的口音和长相，便跑来找黄院长。

黄院长听罢，半信半疑地问吴成："既然如此，那你怎么不直接去公安局报案？"

吴成不好意思地讪笑起来："嘿嘿，黄院长，我的身份不是有点那个吗？还是您出面的好，如果查出是他们在搞鬼，就让他们加倍赔咱们损失。"

黄院长想了想，便随吴成来到他说的他父亲那徒弟的诊所，问清事情的前因后果，便暗地寻机观察，发现对方果真就是那个年轻人，于是便把他们报告给了警方。

真相终于大白！

这几个所谓民工其实是一个诈骗团伙，他们从药贩子那里搞到一种中草药，把它熬成汁后只要在刚注射过的针眼处涂上一点，就会立即形成一块块红斑，并且出现红肿及伴随腿部痉挛等症状，一般的医疗器械根本检查不出原因。至于事后解除病状的方法，说出来也许谁都不会相信，只需注射一支葡萄糖便一了百了。这些人通过踩点，发现镇医院的吴成是个根本不懂医术的江湖骗子，于是便演了那一幕，但令他们始料不及的是，在后来的多次行骗中，又正是吴成这个江湖骗子无意中发现了他们的行踪。

随着这一诈骗团伙的落网，黄院长成了公众人物，他为此也背上了行政处分。同行见面，有人就不免拿假专家捉拿假病号的事开他的玩笑，黄院长为此十分恼火。

这日，黄院长正堵着心哩，只听门一响，吴成探头探脑地进来，谄媚道："黄院长，按合同我的承包期还没结束，我打算……"

他话没说完，就听得黄院长一声大吼："你给我滚一边去！"

（申之珉）

（题图：魏忠善）

# 局长的老朋友

　　这天晚上，房地产开发公司的钱老板驾着"宝马"往家里驶去，拐进一条幽暗的小马路时，只见前面横着一辆"桑塔纳"，把大半边路给堵死了。

　　钱老板使劲按了几下喇叭，对方却没有一点动静，钱老板骂了声"活见鬼"，就打开车门下了车，走近去一看，只见桑塔纳的前挡板被撞得变了形，一只车灯也被撞得粉碎。看样子，这车是先跟旁边的电线杆来了个"亲密接触"，而后又转了个九十度大弯，最后横在了马路当中。

　　借着暗淡的灯光，钱老板不经意间瞥了一眼桑塔纳的车牌号，又揉了揉眼睛，心里不由一惊：这不是国土局王局长的专座吗？怎么会停在这儿成了这个样子？他于是赶紧上去敲敲车门,问道:"是王局长吗？要不要帮忙?"

桑塔纳司机闻声把车门打开,钱老板探身往里瞅了瞅,说:"王局长不在呀？你这是咋回事?"

司机是个年轻的小伙子,见钱老板这么问,警觉地瞪着他:"你认识王局长?"

钱老板点点头,说:"岂止是认识,我跟王局长是老朋友了。你这到底出了什么事?"

小伙子说:"这鬼马路,连盏路灯都没有,这不,撞到电线杆上,打不着火了。"

"我试试!"钱老板开车有些年头了,他让小伙子挪到副驾座上,自己钻上车鼓捣了一阵,说,"毛病不大,还能对付开。"又问小伙子,"你这是上哪儿去呀?"

"上哪？去接王局长呗,他在宾馆开会。"小伙子看看手表,可能时间紧了,他有点着急,谢了钱老板一声,就要开车走人。

钱老板关切地说:"你车撞成这样,万一路上再要熄火咋办?岂不耽误事儿?"停顿了一下,他说,"要不,你开我的车去吧,反正我也快到家了。"

"这不行吧?"小伙子狐疑地看着钱老板。

"有什么不行的？我跟你们王局长可不是一天两天的交情了,你只要跟王局长说开的是我钱老板的车,他心里就清楚了。"

"那……那我就替王局长谢谢你了!"小伙子接过钱老板的车钥匙,高兴地下了车。

"明天我把车修好,会送到局里去的! 你把我的车停在局里就行,明天我自己开回来。"钱老板从桑塔纳车里探出头来,给小伙子交代道。

小伙子"哦"了一声,钻进钱老板的宝马车,把车倒退到大马路上,朝钱老板摇摇手,就把车开走了。

看着那辆渐开渐远的熟悉的车影,钱老板心里真是得意啊:

自己已经相中一块黄金地皮,就等王局长拍板了。明天去国土局送车,正好借机拜访王局长,这回王局长肯定对自己没有二话。嘿嘿,只要一拿到地皮,就等着发财喽!

钱老板决定把马屁拍到家,第二天,他先开着桑塔纳上街,准备去修理厂好好把车修一下,然后再送局里去。没想开上街才一会儿,就被警察拦住了。

钱老板极不情愿地把车停下,说:"我又没违章,凭什么拦我的车?"

"这车是你的吗?"警察问他。

"不是,是……"钱老板正要说是国土局王局长的车,没想警察已经说在了他的前头:"你这车是偷来的吧?告诉你,这是国土局王局长的车,我们已经找了整整一个晚上,没想在这儿碰上了。你小子,胆子可不小呀!"

敢情那小子不是王局长的司机?是偷车的贼啊!

钱老板不禁惊叫起来:"天哪,我的宝马呀!"

(邹吉庆)

**(题图:李 加)**

# 重金酬谢

这天傍晚，城关街上的一家理发店正要打烊，来了一个身材略胖的中年汉子，进门就对店老板钟艳说："小姐，给我理个发。"

钟艳说是老板，其实里里外外也就她一个人，一天做下来浑身骨头都散了架，于是就不耐烦地说；"下班了，不理了。"

那汉子却走到理发椅上坐下来，对钟艳说："小姐，帮帮忙吧，我马上要去开一个重要的会。要不，我付你三倍的钱，怎么样？"

钟艳听了心里不觉一动：三倍的钱？她扫了汉子一眼，发现他这个发一理最多不超过二十分钟，这个便宜不捡白不捡，于是就答应下来。

别看钟艳做这行不久，倒也有长远眼光，为了把这个出手大方的临时户头变成自己的长期客户,她一边替汉子理发,一边就与他套起近乎来:"先生事业一定发达,要不然不会这么忙啊?"

"唉!"那汉子长叹一声,"什么发达,楼好了,人也差点要瘫掉了。"

"哦,"钟艳明白了,"先生是搞房产的,看先生这派头,肯定赚了不少!"

汉子说:"光赚有什么用,人累个半死呀!你看,每天不是开会就是请客吃饭,我都吃成'三高'了。"

"'三高'?"钟艳不懂汉子说的"三高"是什么意思。

汉子解释说:"你不知道,我说的'三高',就是'高血压、高血脂、高血糖'。你别看我精神好,其实一身的病呀!"

这话说得有意思,钟艳不禁哈哈笑了起来。

汉子看钟艳这么高兴,便试探说:"小姐,理完发,能不能再给我按摩按摩?我再多付你三倍的钱,怎么样?"

又是三倍的钱?这也最多是二十分钟的活,钟艳很爽快地答应了。

就这样,钟艳用了两个二十分钟的时间,很麻利地给汉子理了发,又做了按摩,那汉子闭着眼,一副很享受的样子。可谁知享受过后,钟艳喊他他不醒,摇他还是不醒,钟艳慌了,她伸出两个指头,放到汉子鼻子下探了探,没问题啊,可能是白天太累,睡死过去了吧?于是钟艳便狠劲摇他,又大声地喊他。

汉子依然没醒,但这时候有一张小卡片从他衣袋里掉了出来。钟艳捡起来一看,上面写着:我叫赵大海,是本市红星房产开发公司总经理。抱歉,给您添麻烦了!当您看到这张卡片时,我一定是由于身体不好而昏迷的,但是请别紧张,这与您无关,这是我家族遗传的毛病。为了能让自己及时得到救治,我特地做了这张卡片,以防万一。现在请您按照下面的办法做,待我醒来必有重金酬谢。办法是:我的衣袋里有能让我从昏睡中醒来的速效救心药;万一我没有带药,那就麻烦您按下面的号码打电话通知我妻子,不胜感激。

原来是这么回事!钟艳看了卡片如释重负,便立即在汉子衣袋里寻找起来。但要命的是,找了两遍,什么药也没有找到。钟艳怕这汉子万一有什么三长两短,在自己店里说不清楚,于是就赶紧按卡片上的号码,给他妻子打电话。

没响了几下铃声,就有个女的声音传过来,一问,正是这个赵大海的妻子。钟艳一五一十把事情一说,对方先是在电话里一迭声地道谢,随后就请钟艳帮忙先去附近药店买速效救心丸,让丈夫先服下去,她自己马上打车过来。对方说,她绝对不会让钟艳白帮忙的,她会给钟艳至少一万元的酬谢。能救丈夫的命,一万元实在不算什么。

钟艳一听,兴奋不已,赶紧答应下来。她心里喜滋滋的:我今天这是怎么啦?尽管碰到了麻烦事,可有这么多钱拿,真恨不得天天这样才好哩!这时候,她腰也不酸了,背也不疼了,自己理发店旁边有个小药房,但她情愿多跑一站路,到那个平价药房去,那里的药价能便宜一半,多赚一点也好啊!

可是,等钟艳从平价药房回来,走进店里一看,"啊"一声惊呼从她口中传出!她怎么也没想到,此时店里一片狼藉,刚才还昏睡不醒的汉子此时已不见了踪影。钟艳突然醒悟过来,马上冲到放钱的柜子前,打开一看,里面空空如也。

"天!我遇上骗子了!"她一屁股瘫在了椅子上。

这时候,只见一张纸条从柜子旁飘落下来,钟艳捡起一看,上面写着:感谢小姐热情接待,如果欢迎,下次定当再来!

案子很快就破了。案犯供认,他们干这号事选择的对象,往往就是一些能对他们许诺"重金酬谢"动心的人。

(李 祉)

(题图:魏忠善)

# 寻猪启事

　　这天,向发下班回家,老远就看见小区门口附近的墙上贴着一张启事,走近一看,差点笑出来。原来,那是一张寻猪启事,说是要找一头丢失的宠物猪,旁边还有小猪的照片。向发心想:现在的人真是无聊,养猫养狗不过瘾,还养起猪来了。

　　可是看到后面,只见启事上写着,拾到小猪者,可获酬金一万元,向发瞅瞅四周,趁着没人,一把撕下启事放进口袋,然后装作若无其事的样子,哼着小曲回了家。

　　一进屋,向发就拿出启事给老婆看。

　　老婆看完后说:"哎呀,我刚才还看见隔壁楼里的李大妈牵着一头小猪在小区里溜达呢,好像和照片上的猪挺像的。"

　　向发一听,顿时激动万分:"真的吗?你再仔细看看,是不是一样?"

老婆看了半天有点吃不准,点点头,又摇摇头,最后说:"要不,明天早上你自己看去。"

这一来,向发一夜没睡好,第二天一大早就等在隔壁楼的门口。不大一会儿,就见李大妈牵着一头小猪出来了,向发一看,这小猪淡黄色,耳朵上有两个对称的小黑圆点,可不就是启事上写着的吗? 向发忙热情地迎上去打招呼:"哟,李大妈,这么早就出来遛狗……哦,不是狗,是猪吧?"说着,还弯下腰爱怜地摸摸小猪。

李大妈不好意思地朝向发笑笑,说:"哎呀,儿子看我一个人在家闷得慌,就想买条狗来给我做个伴儿,可到宠物市场一打听,说现在流行养猪,就给买了回来。可这家伙还真难伺候,扔了可惜,卖又没人要,烦死人了。"

向发本来正愁怎么开口,一听李大妈这么说,立刻接口道:"那你就卖给我吧,我倒挺喜欢它的,你看,它多可爱!"

李大妈看着向发有点吃惊:"你真喜欢? 我儿子当初花二千元买回来,我可没少说他,这不是在烧钱吗?"

"哎,大妈,看你说的,我就特喜欢这小家伙,我给三千,你卖给我吧。"说完,他从口袋里掏出准备好的钱塞进李大妈手里,然后趁李大妈还没回过神来,抱起小猪就跑。

踏进家门,向发就向老婆报喜:"好啦好啦,咱们马上就能赚到一笔啦!"说着,他喜滋滋地拿出那张寻猪启事,照着上面的电话拨了过去。

可他万万没有料到,电话里竟传出一个声音:"您刚才拨打的是空号……"

这下两口子都傻眼了。

怎么办呢? 老婆立刻就哭开了:"三千元哪! 就这么没了? 能买多少斤猪肉呀!"

　　向发被老婆哭得心烦,满屋子乱转,突然他灵光一闪,拿起那张启事就去了打印社,照猫画虎地要人家帮忙把启事内容打印下来,不过把其中原本一万元的酬金改成了二万元。晚上,他摸黑把这张新打印的寻猪启事贴到小区门口附近的那面墙上,第二天又让老婆牵着小猪去街上转悠。

　　果然,没半天工夫,向发老婆就被一个人拦住了,那人说他特别喜欢养宠物猪,愿意花六千元买下来,向发老婆于是就装出一副很舍不得的样子,把这只小猪卖给了他。

　　事不过三天,那面墙上的寻猪启事又被悄悄改换了"面孔",估计我不说你也能猜到:答谢酬金从二万涨成了三万。

(蓝　月)

(题图:李　加)

# 二癞子求爱

二癞子不学好,平时专门干下三烂的勾当。

一天深夜,他尾随一个单身女子到"半截巷"胡同,趁人家在院门口摸钥匙开门的时候,抢了她的包就跑。回去一看,收获还真不少,钞票一沓子不说,还有三部不错的手机,估计卖个千儿八百的不成问题。

二癞子得意地数完钱,准备把空包往垃圾桶里扔,突然看到从包里掉出一张照片,捡起一看,眼珠子直了:姑娘长发披肩,长得非常漂亮。

二癞子心想:这么漂亮的女人,又有钱,要能做自己老婆该多好! 他翻来覆去想了一夜,最后决定把抢来的包还回去,借此和姑娘笼络感情。

于是二癞子重新把包原封不动地装好,还在里面留了一张纸条:请原谅我昨夜的冒昧,我决定将包原物奉还。我很喜欢你,希望我们有缘再见。二癞子把自己的手机号也留在纸条上,到了第二天晚上,他趁着夜色又去半截巷,把包挂在这个姑娘家院门的门把上。

二癞子刚回到住处,姑娘的短信就跟过来了:你这人还算有点良心。不过,昨天夜里你把我吓坏了,这笔损失怎么办?

二癞子一看姑娘有了回应,激动万分,赶紧回复:明天中午请你吃饭,怎么样?

姑娘很快就回短信过来说:恭敬不如从命,明天中午十一点半,你在公园雕塑前等我。

二癞子一看,兴奋得不知如何是好,第二天特意换了一身行头,又去美发店做了头发,钱包里塞足了抢来的钞票,还买了一大束玫瑰,然后打车直奔公园。

二癞子找到雕塑地方,一看表,才刚十点钟,他笑自己是不是心里太急,反正时间还早,昨天晚上也没好好睡,于是便坐在雕塑前的椅子上打起了瞌睡。

正睡得香时,突然有人从背后搂住了二癞子的腰:“告诉我,你什么时候到的?”

二癞子吓了一跳,回过头去看,是一个浓妆艳抹的漂亮女子,但好像和照片上看到的不大一样。

那女子看到二癞子一愣,张口结舌地说:“对不起,我认错人了。”她解释说,她和男朋友约好在这里见面的,因为背影太像了,所以错把二癞子当成了自己的男朋友。她一边解释,一边就不好意思地红着脸走开了。

看着她走远了的背影,二癞子不禁心猿意马起来,盼望着等会儿来约会的姑娘要也能对他这么大胆开放就好了。可是他伸长脖子等啊等啊,一直等到中午十二点,姑娘还没来。

二癫子挺着急,就发短信问:你怎么还没来? 我买的花都要谢了。

一分钟后,姑娘的回复来了,二癫子一看,差点没把鼻子气歪。她回复是这么说的:傻瓜,谁说我没来? 我已经把你给我的压惊费拿走了。你接着做你的美梦吧,姑奶奶我没报警就算不错的了。拜拜!

二癫子一摸口袋,钱包不知何时已不翼而飞。

(杨 碑)

(题图:李 加)

# 千 计 百 谎

　　江湖传说、大盗奇侠、诡秘幻术、妙手神医,牛皮吹得越大,越离不了一个瞒天过海的"诈"字。

# 秉性难改

　　二癞子从小就死了爹娘,靠着村里人东家一口、西家一口地喂养大。可是二癞子长大后没学好,染上了偷鸡摸狗嗦骗人的恶习。

　　十八岁那年,二癞子突然信誓旦旦地说要出去打工,干他个五年十年,挣钱回来报答村里人对他的养育之恩。可没想三个月后他就回来了,那样儿看上去真是可怜:蓬头垢面不说,一身破衣烂衫,裤子束在肚脐下;肚脐处有个大疤痕,把肚脐也封没了,明眼人一看就知道这是吃了别人刀子的;走起路来更是没样子,右脚一跛一跛,像是缺了一截筋骨。

　　村里人忍不住问二癞子:"你在外面不过就是混了三个月,咋会落得这么个人不人、鬼不鬼的样子?"

"唉,我命苦哇,想不到会生一种怪病,真是阎王爷瞎了眼哪!"二癞子重重地叹了口气,伤心得眼泪都流出来了。他告诉村里人说,他生的病绝对世上少见,结果医生拿他做试验品,通过手术把他的肚脐眼搬到脚底下去,最后总算把命保住了,但人也废成了这样。

村里人一听二癞子这话,无不瞠目结舌,就是活了八九十岁的,也从来没听说过有把肚脐眼搬到脚底下去这种事儿,于是大家便好奇地要二癞子把脚跷起来看看。

二癞子一屁股顺墙壁坐下来,抱住两腿儿,半是正经半是调侃地说:"如今这年月,到哪儿都要钱,我早已申请专利了,现在就凭着这脚过日子哩,你们不给钱可不行!"

一听二癞子说要收钱,一些人便骂起娘来:"什么德性!"

可更多的人却来了兴致:"多少钱?收多少钱?"

"看在都是乡亲们的份上,随便给多少都行。"二癞子说得一本正经,"要是在外面,不满百元以上,我还不理他哩!"

有几张嘴同时问他:"你这回不会骗我们吧?"

二癞子一听生气了,脸一沉,说:"你们可别门缝里看人!要不信,你们只管请律师来立下凭据。这回我要再骗你们,剥皮抽筋随你们的便。"

于是,人堆里就有人带头向二癞子甩过钱来,接着许多零钱都甩到了他跟前。

二癞子喜滋滋地把钱收好,然后"霍"地起身,双手一拍,学着卖拳师的样子喊道:"诸位乡亲,请睁大你们的眼睛看清楚了,我的肚脐眼在我脚底下哩!"说罢,他一个倒竖蜻蜓,头朝下,双手支地,双脚搁墙,敞着的破鼓似的肚皮朝向大家,两颗颠倒了的眼珠子在乱发丛中眨巴着。

只听他说:"你们看清楚了吗,这会儿,我的肚脐眼不是在脚底下了吗?"

人们愤怒了！这把戏世上人谁个演不得？骗几个钱不说，这么多人受他如此奚落，真是气不打一处来。

"啪！"有人一把把他刚收起的钱夺了下来，嚷嚷道："刚才谁丢的钱，都拿回去，他这种阴司里爬出来的鬼，再苦再穷也活该！"

"秉性难改，秉性难改！"村里人纷纷摇着头，四下散去。

(陆柏树)

**(题图：李 加)**

# 高　手

　　最近，市面上新开了一家卖大饼油条的早点铺，老板是个胖老头，看上去老实厚道，见人三分笑，一脸慈悲相，所以他的铺子自打开张以来，生意出奇地好。

　　一天清早，胖老头油条炸得正卖劲，一个叫三喜的人晃晃悠悠地走了过来。说起这个三喜，他是做粮油批发生意的，平时为人精于算计，十足一个铁公鸡式的人物，大凡和他做过买卖的，都对他避而远之。

　　话说这个三喜和胖老头一照面，胖老头立马放下手中的活计，拍着三喜的肩膀说："哎呀，这不是俺大侄子吗？"

　　三喜一愣，仔细一打量，可不是嘛！这胖老头竟是他的一个远房堂叔，因为长得像弥勒佛，所以人送外号"胖弥勒"，在老家时,两家还有些来往。于是三喜脸上立刻堆起了笑,和胖老头寒暄过后,理所当然地白吃了一顿早餐。

可三喜绝不是白吃一顿就能打发的主儿,过后,他便琢磨起怎样才能在胖弥勒身上多沾些油水的主意来。

这天,三喜又来胖弥勒的铺子,这时候早点生意已经结束,胖弥勒便拉三喜坐下喝酒。三喜见铺子后面有一间宽敞的空房,顿时计上心头,便连连哀声叹起气来。

胖弥勒关心地问他:"你这是咋了? 有啥为难事儿,跟叔说说。"

三喜装出一脸苦相,说:"前两天,租给我房子的那个房主来找我,说是要收回我住的屋旁边那间耳房,这耳房是我用来放面粉的仓库,本来就不够用,现在倒好,就连这都没得用了。您说,我这生意还咋干?"

胖弥勒一听,笑了:"哎呀,俺还以为是啥大不了的事儿哩,"他指指自己铺子后面的空房,"以后,你把面粉放这儿来,只要俺铺子在这儿开着,这空房你就放心用吧!"

三喜一听,心中暗喜,嘴上却一本正经地说:"叔,您不是在说笑话吧?"

"看你这孩子说的!"胖弥勒顺手拿过计账本,从上面"哗"地撕下一张纸来,"刷刷刷"写了一张承诺书,末了还签上自己的大名,递给三喜。

三喜接过条子一看,假惺惺地客气道:"叔,您这可让我多不好意思,咱爷俩咋还用得着这样?"

胖弥勒笑着说:"你叔就是这样。以后叔要是反悔,你就拿这条来羞死叔。"

于是当晚,三喜便把自己住屋旁边那间耳房退了,把一大堆面粉之类的东西都搬进了胖弥勒铺子后面的空房里。三喜算了一下,这样一个月至少能让自己省下四百元的房租费!

一月四百，一年就是四千八，这简直就是天上掉下来的大馅饼啊！从此，三喜隔三差五地就把批来的面粉运到胖弥勒这里，胖弥勒也热心，不但忙里忙外地帮着三喜照应，每次还给他沏茶倒水，这不由让向来做惯了铁公鸡的三喜头一回动了情，他心想：到底叔侄是一家呀！我不如以后每月请他喝杯酒，也算对得起他老人家了。

一转眼，两个月过去了。这些日子，三喜心里别提有多舒坦了，因为库房大，货物进进出出周转也快，又不用付房租，所以他整天咧着个嘴笑呵呵的。

可谁想，第三个月头上出事了！在三喜这里买面粉的主顾们一个个都找上门来，说是三喜给的货短斤缺两。三喜哪会相信，就跟着到各家去查验，结果真如他们所说，每袋面粉至少短一斤，有的甚至差二三斤。

这下三喜懵了！主顾们说，让三喜要么退钱，要么退货。三喜一算，这俩月他总共发出两千多袋面粉，如果按一袋赔两斤算的话，怎么着他也得拿出二三千元来。照这个赔法，不出一年，他就得破产。可不赔又不行啊，主顾们哪肯放过他？

三喜只好赔钱，然后闷着头回家。可是他想来想去想不出毛病出在哪里：面粉是国家正规厂里出来的，不可能缺斤短两；面粉袋上既没有漏洞，也没有开线，封口也完好无损，就是漏也总得留下点痕迹来啊，难道它会自己飞了不成？

第二天，三喜又批回一批货，这次他可仔细了，每袋面粉在入库前挨个过秤，这样麻烦是麻烦了些，却可以落个安心。可世上什么怪事都出，明明是足斤足两的袋子，第二天一出手，人家居然还是找上门来，这可把三喜气坏了，跺着脚直骂娘。

他想来想去：莫非是胖弥勒捣的鬼？

晚上，三喜偷偷来到胖弥勒铺子的后房沿，竖着个耳朵听里面的动静，只听见屋里隐约传出奇怪的"啪啪"声。三喜心想：这老头三更半夜的还在和面？怕是有鬼！

他三下两下爬上房顶，揭开一片瓦，弄出一个洞，把眼睛凑上去一看，这下差点没背过气去。只见胖弥勒光着膀子坐在屋中央，面前一块面板上平放着一袋面粉，旁边还有一盆清水，他手拿一根柳条，甩开膀子狠劲照面粉袋上抽，这时候面粉就像雾一样从袋子里喷出来，随后他将柳条沾上水再抽，反复几次，那喷出的面粉就在柳条上黏出了一个大面团，他接着把面团甩到面缸里，然后换过一袋面粉，重复着抽。就是用这样的办法，胖弥勒从每个面粉袋里都能黏出一个大面团来，而面粉袋很快干了之后，上面却不会留下任何痕迹。

这招儿可谓绝了！三喜趴在房上看得牙齿咬得"咯咯"响：这个老不死的，怪不得他油条卖得便宜，原来做的都是无本生意！唉，我这尽想赚别人的主，没想竟会栽在他的手上……

三喜有心想去找胖弥勒评理，可思前想后又觉不成。本来嘛，人家的房给你白用，先就理占了三分，自己现在要把看到的这一幕说穿了，胖弥勒肯定不会承认，半夜三更贸然找上门去，只会落得个"猪八戒照镜子，里外不是人"的结果。

没辙，三喜第二天只好花钱重新租一间房做仓库。他雇了辆车，去胖弥勒那儿把货拉出来，胖弥勒一脸堆笑地问："大侄子，好端端的，咋就搬走了？你看，俺这房闲着也是闲着嘛！"

三喜一挑拇指，说："叔，俗话说'天外有天，人外有人'，真是一点不错，这姜到底还是老的辣呀！想我三喜这么多年行走江湖，自以为了得，可与您老相比，根本不值一提，这次我可真是受益匪浅呐！佩服！佩服！"说完，甩甩手走了。

看着三喜远去的背影，胖弥勒依然满脸堆笑，跟旁边人说："这孩子，说话着三不着两的，怕是撞什么邪了！"

（李　健）

（题图：杨宏富）

钻
夜
壶

夜壶,现在城里的年轻人大多不知道是什么东西,可几十年前,它却是家家必备的器物:陶瓷烧就,口小,肚大,背驼,像只望月的蛤蟆,常置于床下,供方便之用。俗话说"水火不留情",尿胀了,憋起恼火,急需释放,而提出夜壶泄入其中,则全身轻松,喜上眉头,因而有的地方又称夜壶为"夜喜"。

话说那天,黄桷树下来了个四十多岁的汉子,此人长得五大三粗,赤裸着上身,皮肤黑得发亮。他把手中的蛇皮口袋往地上一放,摸出支粉笔,在地上画了个大圆圈,然后人站在圆圈中,昂起脑壳"嘿嘿嘿嘿"一阵高吼,声音如雷贯耳,又双手握拳,在身上擂鼓般打得"咚咚"响,引得不少人驻足观看。

一番折腾后,汉子摸出根布带捆在腰间,向围观众人一抱拳,说:"各位,在家靠父母,出门靠朋友,鄙人初到贵地,还望各位多多捧场,有钱的给点钱,没钱的就鼓鼓掌,谢谢了!"

汉子说完,就摩拳擦掌开始练起功来,随着身子摆动,他浑身骨节"咔咔"有声,块块凸起的肌肉硬硬邦邦,一会儿工夫,就将气运至腹部,肚皮上鼓起拳头大一个包。他拿出把雪亮的菜刀,对大家说:"哪位出来配合一下?用这把刀往我包上砍,有多大劲儿就使多大劲儿!"

众人一听他这话,吓得直往后退,谁都不敢下手。

汉子见了仰天大笑:"你们怕砍伤我是不是?告诉各位,我已炼成金刚之躯,刀枪不入。嘿嘿,牛皮不是吹的,火车不是推的,不信你们看!"说完,他便自己挥刀朝自己肚子上的那个包猛砍起来,只听得一阵"砰砰"响,可他的肚子却秋毫无伤。

众人看了齐声喝彩。

汉子于是又从蛇皮口袋里拿出个夜壶,"咚"一声放在地上,说:"鄙人有两项绝技,一是我能将身体缩小,钻进夜壶去;二是用指头钻砖头。不知各位想看哪项?"

众人一听哗然:夜壶这么小,口子还没个脸盆大,你这么大的汉子,怎么钻得进去?于是纷纷叫道:"钻夜壶!当然要看钻夜壶!"

汉子便向众人拱拱手,说:"各位,实话实说,这表演危险性太大,钻进去容易出来难!上个月,我有个徒弟表演这节目,差点儿被憋死在夜壶里。各位既然要看,我丑话说在前头,得先给点儿辛苦费。"

一听说要钱,场上顿时没了声音。

汉子笑着直甩脑袋:"看看,看看,这年头,一说到钱就不亲热了!"

立刻有人开了腔:"我们给钱,你钻不进去怎么说?"

汉子拍拍胸脯答道:"没得金刚钻,敢揽瓷器活儿?我堂堂一个男子汉,宁愿丢人头,不愿丢码头。哼,要是钻不进去,我一分钱不少,如数退还。"

汉子把话说到这份上,众人不由又动了心。说实在的,这么大个子,要钻进这么小一个夜壶,这不是千古绝技是什么? 有人便开始扔钱了,你三块、我五块的,越扔越多。

有个中年男子,摸摸裤兜里没零钱,就递了张五十块的给汉子,说:"老子我活几十年还没开过这样的眼界呢,你把钱接了,钻进去这钱归你,要钻不进去,到时候可就别怪我小气!"

汉子点头哈腰,满脸是笑:"大哥放心,鄙人走南闯北,全靠真功夫吃饭,做人讲诚信,这点儿规矩我还是懂的! 这样吧,为了让大家放心,我今天把话搁这儿了:待会儿你们要真看我钻不进去,我保证加倍退还各位的钱,给五块的退十块,给五十的退一百!"

汉子这话一落地,场上原本那些想不掏钱看便宜的,这时候便也赶紧往兜里掏钱。

只一会儿工夫,汉子就收了一大把钱。只见他把钱塞进裤兜,压了压,然后掏出个皱巴巴的信封,向众人拱拱手说:"表演前,鄙人不得不向各位拜托一件事:万一我钻进夜壶出不来,憋死在里面,信封内有我家的电话号码,你们挂个电话,叫我家人来,连同夜壶把我提回去。不知哪位仁兄肯帮我这个忙?"

刚才给了五十块钱的那个中年男人,嚷嚷着对汉子说:"放心,万一你出不来,我们把夜壶打碎不就行了?"

谁知汉子连连摆手:"使不得! 千万使不得! 我一钻进去,就和这个夜壶融为一体了,夜壶即我,我即夜壶,所以你们如果打碎夜壶,我的小命就完了。不过,到时候万一我没有马上出来,你们先别慌,因为我知道该怎么运功逃脱险境,这需要时间。当然,如果十分钟之后还是不见动静,而且夜壶口冒出白气的话,说明我命已休矣,你们再给我家人打电话。"

中年男人认为汉子这是在摆噱头，所以有点不耐烦，说："好好好，这事儿我替你负责了，你就快点儿钻吧！"

汉子一听，立即单腿跪地，双手捧起信封，交给中年男子，非常激动地说："好大哥，谢谢你，小弟拜托了！"

说完，他起身从兜里掏出一块红砖，退后一步，开始提气。只见他半蹲马步，双手如鹰爪一般，颤抖着用力向前伸，然后紧握拳头迅速收回，右脚一跺，一个倒踢，身子灵巧地在空中翻了一圈，双脚稳稳地落在他刚才从兜里掏出的那块红砖上，只听"啪"的一声，红砖碎裂成了几块。

"哗——"掌声立刻在场上响了起来。

汉子长吁一口气，闭目静立，好一会儿才睁开眼，双手抱拳，说："各位，请闪开一点儿，我钻夜壶进去的那一瞬间力量大得很，怕运功不当夜壶炸了伤人！"

众人一听，既兴奋又紧张，赶紧纷纷往后退，一个个伸长脖子，鼓起眼睛，屏息凝视着汉子，场上静得几乎连掉根针在地上都听得见。

只见汉子神情庄重地朝放在地上的夜壶走近几步，然后蹲下身去，大家以为他要往壶里钻，都踮起脚看，但发现他只是把夜壶挪了个位置，让壶口正对着自己，于是一片唏嘘："哎呀，散劲儿得很嘛……"

汉子说："诸位别急，马上就要开始了。"话毕，他站起身，盯着夜壶后退几步，躬起身，摆了个架势；随即又摇摇头，好像不太满意，又后退几步，重复刚才的动作；却又叹了口气，似乎仍不满意，再后退几步。

几经反复，此时那汉子已经站在了圈外，众人以为他要借助跑的惯性一下钻进夜壶里去，于是便赶紧自动给他让开一条道来。

果然，那汉子重新躬起身子，双手抱在胸前，一声高吼：

"啊——"

众人屏住呼吸,几十双眼睛齐刷刷盯着汉子,他刚才发出的那声"啊"真可谓气贯长虹啊!大家在这余音缭绕中紧张地期待着,谁知那汉子却猛一转身,箭步如飞地朝着完全相反的方向跑去。

那只等待汉子去钻的夜壶,此刻就像个癞蛤蟆一样蹲在地上,人们面面相觑,半天说不出一句话来……

到底是谁钻进了夜壶?

（沈定顺）

（题图:李　加）

名医出手

　　二贵是个专门做假证的贩子，最近由于警方查得紧，为避风头，他偷偷溜到邻近一个小城，躲进前不久刚在那里买下的一套房子里，整天不敢露面。

　　时间一长，二贵觉也睡不好，饭也吃不香，经常胸口闷得透不过气来，浑身不对劲儿。他害怕自己会不会得了啥要命的病，这天便硬着头皮到医院去看，还特地挂了个专家号。

　　谁知进门头一眼看那专家，他就觉着眼熟，一打量，乐了："咦，这不是刘喜吗？"

　　专家狐疑地看了二贵一眼，眼睛一亮，也认出来了："二贵，是你？你怎么来了？"

　　原来十年前，二贵和刘喜一块儿从民办中医学校毕业，因为手里文凭不硬,找工作处处碰壁,连乡卫生院都进不去,两人于是就动起了歪脑筋,千方百计想找人搞一张医科大学的假文凭。后来好不容易找到关系了,不料对方狮子大开口,一张文凭要价三千元。刘喜狠狠心,硬着头皮东拼西凑,买下假证后立刻远走他乡求发展去了,而二贵呢,因为实在凑不齐这笔钱,只好自认倒霉。

不过二贵脑子挺活络,却从这里面看到了商机,既然干这个行当大有赚头,于是立刻自己琢磨着做起了假证生意。一晃十年过去了,二贵虽说偶尔也听到过刘喜的消息,说是果然在外面混了个医生当,可因为一直热衷于自己的假证事业,所以他很快就把刘喜给忘了,没想今天竟然会在医院里碰上,真是太出人意料了。

二贵很想问问刘喜这些年是怎么混过来的,可是看看门外排着一长串候诊病人,知道此刻不是说这种话的地方,于是和刘喜寒暄几句后,就说:"老兄,真没想到今天能在这里碰上你,就拜托你给我找个医生看看吧,我最近胸闷得很,浑身不对劲儿,不知什么道理?"

刘喜一听,较着劲儿说:"你别门缝里瞧人,让我去找什么医生,我给你查查不就得了?"

二贵心说:别人不知道你底细,我还不知道?读书时你成绩还没我好呢,就你那两把刷子,比我强不到哪里去。于是冲口道:"得了,老兄,你糊弄别人去吧,别蒙我了。"

刘喜也不生气,呵呵一笑,说:"你说我蒙你?"他洋洋得意地指指身后墙壁上挂着的那些锦旗,"你自己看看,不是我吹,这都是病家自个儿送来的。"

二贵抬头一看,锦旗上全是"妙手回春"、"华佗再世"、"救死扶伤"之类的赞词。二贵哪里信刘喜这套东西:你文凭都是假的,弄几面假锦旗糊弄景儿,还不是小菜一碟?

不过，两人毕竟分开这么些年，彼此有些生分，二贵不好意思当面把这层纸捅破，便缓缓口气说："老兄，你混到现在这个地步，可比我强多了，你就给我找个妥实点儿的医生吧，我明天来听回话，怎么样？今天就不耽误你时间了。"说罢，站起来就要走。

"你急什么？"刘喜一把拉住二贵，"老兄，你别拿老眼光看人。"他炫耀地拨弄着自己"副主任医师"的胸牌，朝二贵努努嘴，"你看清楚，这总不是假的吧？"

二贵一愣：莫非士别三日，这小子真当刮目相看了？他不禁羡慕地问刘喜："你后来又去重新深造过了？怎么运气这么好啊？"

谁知刘喜竟越发得意起来："呵呵，什么深造不深造的！"

"不深造？那不可能！"二贵拼命晃着脑袋，"就算当初买的文凭有用，可就你那几下手艺，我看做乡下小医生还差不多，要在像样一点的地方站住脚，没真本事怎么行？算了算了，我又不来抢你的饭碗，你怕什么，还不肯给我说实话？"

刘喜听罢二贵这番话，竟乐得哈哈大笑起来，附着二贵的耳朵悄声说："你还别不信，我实话对你说，像我这号人当医生，越在像样一点的地方越容易当，反倒是乡下那种医院，没本事还真不好混呢！"刘喜一边说，一边朝二贵眨眼睛。

可是二贵却越听越糊涂：这话怎么说？

刘喜拍拍他的肩说："行了行了，别发呆了，我给你看看，你就知道是怎么回事了。"

二贵一想也好，看看这小子葫芦里到底卖的什么药，于是就重新坐下来，一挽袖子，把胳膊伸到刘喜面前，哼着鼻子说："那就请你这个名医出手吧！"

二贵是想让刘喜把脉，没想刘喜却一把推开他胳膊，说："你干什么？现在讲究高科技了，你以为还搞老一套啊？"他说着，顺手从旁边搁架上抽出一张单子,在上面"刷刷刷"龙飞凤舞地写了几行字,打了几个勾:"你不是胸闷吗?先去做个心电图看看。"

二贵说:"我有时候还头晕。"

刘喜点点头:"那就再做个CT。还有什么症状?"

"肚子也疼。"

"做个腹部B超吧!喔,为保险起见,干脆再给你做个胃镜,做个肠镜,看看有没有问题……"刘喜头也不抬,一张接一张熟练地给二贵开着单子,"另外,再做个血常规检查,再验一下大小便。"

不一会儿,二贵就从刘喜手里接过厚厚一摞单子,他胆战心惊地问:"这得花多少钱呀?"

"治病还怕花钱吗?钱重要还是命重要?"刘喜语重心长地开导二贵,"检查完了,你再到我这儿来开药。"

两人正说着话,前面一个做完检查的病人手里捏着一叠单子,推门进来找刘喜开药,二贵忽然明白了:原来刘喜就是这么给人看病的啊!

二贵顿时心痒难耐,站起来就往外走,刘喜追着他问:"还没检查哩,你干啥去?"

二贵头也不回,兴冲冲地说:"我还搞什么假玩意儿啊,整天担惊受怕的,不如想办法改你这行算了!"

(黄　胜)

(题图:魏忠善)

# 克鲁斯叔叔

这天，海基市传来一个令人震惊的消息：市长唐斯纳年仅六岁的儿子莫布被人绑架了。消息传开后，舆论一片哗然，报纸、电台纷纷追踪报道，市民们都在猜测，这事儿究竟会是谁干的。

据莫布的保姆依娜太太说，当时因为莫布吵着要出去玩，依娜太太便带他去了附近一个安静幽雅的小花园，其间依娜太太去了一趟洗手间，出来后就发现莫布不见了，于是马上报警。

警察局对绑架儿童案极为重视，警长亲自担纲成立了专案组。警长分析，此案极有可能是克鲁斯所为。克鲁斯今年二十五岁，是个精通易容术的家伙，鉴于克鲁斯以前作案从不伤人，警长要市长千万别答应他的任何要求。

果然，当天下午，市长收到一封信，署名正是克鲁斯。信上说,只要在第二天下午四点,将一个装有六十万美元的提包扔进哥伦布街蓝色酒店前的汽车里,莫布就会平安无事,否则一切后果将由市长自己负责。

市长没有理睬克鲁斯的要求,而是向全体市民发出通告:谁将莫布救回,赏一百万美元;抓住克鲁斯者,奖一百二十万美元。

可是通告发出后,没有任何动静,既不见克鲁斯再次显身,也没有莫布的任何消息。所有人的心都揪紧着,警长深感自己责任重大,召集专案组成员绞尽脑汁研究对策。

可谁知,就在第二天下午,一位英俊的年轻人带着莫布敲开了市长家的门。他说他叫爱迪瓦,是偶然在火车站里发现莫布的。

市长没想到儿子能如此平安地回来,对爱迪瓦充满了感激之情,他兑现承诺,毫不犹豫地将一百万美元赏给了这个年轻人。

爱迪瓦走后,市长抱起小莫布亲了又亲,说:"孩子,你真是幸运啊,要不是这个爱迪瓦叔叔,你真不知道什么时候才能回家呀!"

谁知小莫布却语出惊人:"爸爸,为什么你叫他爱迪瓦呢?他可不让我叫他这个名字。"

"噢?"市长好奇地问,"那……他让你叫他什么?"

小莫布大声地告诉市长:"他让我叫他克鲁斯叔叔。"

(徐　宽)

(题图:李　加)

# 红头发的歹徒

里德身体健壮,行动敏捷,还获得过射击冠军,正因为如此,他被派到这个小城的黄金街上去当了一名巡警。要知道,这可是一份不小的荣誉呀!

里德上岗不久,这天,一个阳光明媚的上午,他正在黄金街上巡逻,突然,一个红头发男人出现在他的视野里。但奇怪的是,当那个红头发男人意识到里德在注视他的时候,立刻扭头就跑,里德心里一个"咯噔",拔腿追了上去,很快就把他逮住了。

里德对红头发男人说:"先生,看来您要到警署去吃午饭了。"

红头发男人耸耸肩,无奈地朝里德笑笑,随后就跟着他来到警署。

警署位于黄金街的街尾，也是进出黄金街的唯一出入口。来到警署，经过讯问，里德得知这个红头发男人叫吉米，是心理学硕士，最近来这个小城实习，除此之外，并无任何可疑之处。里德心里不禁感到疑惑，他问吉米："先生，既然如此，那你见到我为什么要跑呢？"

吉米显得很不高兴，反问里德："警官先生，本国法律哪一条规定公民不准在街上跑？"

"可你是在看到我的时候才突然跑的呀！"

"是的，我是在看到您之后跑的。可是警官先生，这有什么问题吗？"吉米说完，哈哈大笑起来。

不知怎么，里德从吉米的笑声中感觉出这红头发家伙有点不怀好意，心里很不舒服，就像是吞了一只苍蝇。但没办法，因为他没有任何理由把吉米留在警署，只好把他放了。

第二天，里德依旧在黄金街上巡逻，脑子里却时不时地会出现吉米的影子，越想越觉得他昨天是在戏弄自己。谁想就在这时，里德突然又看到了吉米，而且吉米一看到里德就跑。要不要追上去呢？里德瞬间犹豫了一下，但职业的敏感还是让他追了上去，他觉得这个吉米太奇怪了。

就这样，吉米又被带进了警署。可让里德沮丧的是，询问的结果和昨天一模一样，没办法，里德只好咬着牙根又把吉米放了。他心里猜测：莫非这家伙是个疯子？不然就是一个运动狂。

可是，事情并没有到此结束。接下来的几天，里德天天都能在黄金街上看到吉米，吉米也一如既往不停地跑，只不过是现在里德只要看到吉米，他头上的那撮红头发在里德的眼睛里，简直就像是一堆牛粪，实在令人讨厌。

又是一个阳光明媚的上午，又是在黄金街上，里德照常在巡逻，而吉米也照常出现在里德的视野里，一看到里德就跑。里德真搞不懂这个红头发家伙想干什么，他嘴里喃喃道："这人真该到精神病院或心理诊所去治治!"

就在这个时候,突然有人大喊一声:"抢劫!"一个年轻女人跑到里德跟前,气喘吁吁地说:"一个红头发……抢劫……"

里德感觉事情不妙,赶紧追上去,这次他费了不少劲才把吉米抓住。

女人此时也赶了上来,对里德说:"就是他!这个红头发的坏小子!"

里德直到这时才恍然大悟,弄明白了吉米前阵子这么做的用意,什么心理学硕士,什么来小城实习,全是假的!他把吉米和女人一同带回了警署。

里德口气严厉地责问吉米:"好一个心理学硕士先生,这回你还有什么要辩解的?"

吉米看着里德,没有丝毫惊慌,说:"警官先生,您难道不知道她是个出了名的疯女人?"

里德转过头去问女人:"小姐,他抢了你什么东西?"

女人咬着牙说:"感情!"

"什么?"女人的回答让里德大吃一惊。

女人说:"我叫露丝,是他的女朋友,可他竟然不顾我们三年多的感情,丢下我一个人跑到这儿来。警官先生,您说他这是不是抢走了我的感情?"说着,还伤心地哭了起来。

这时候,里德真是恼怒至极,觉得自己又一次被吉米捉弄,可是能对他怎么样呢?里德只有厉声呵斥这个叫露丝的女人:"小姐,你在街上大叫抢劫,那它的对象就应该是金表、皮包之类的财物!"

露丝却一边擦泪一边说:"不对,警官先生,您将'抢劫'的概念局限化了,难道感情就不能抢劫吗?他明明就是想甩了我啊!"说到这里,她索性大哭起来。

吉米在旁边轻松地朝里德耸耸肩,说:"警官先生,她是疯子,我说得没错吧?"

对于这样荒唐的事,里德真的拿不出一点办法来,只有把他俩请出警署。

里德本以为,这样的闹剧吉米演过一次也就够了吧,可没想第二天他又来了,只不过女主角换成了一个叫玛丽的女人,所有的经过都和前一天一模一样,连台词都如出一辙。只是在临走时,玛丽加上了一句:"警官先生,要知道,这个红头发家伙抢走了不少女人的感情!"

里德再也忍不住了,强压怒火道:"我不希望再有下一次了!"

再以后,里德在黄金街上巡逻时,满脑子全是吉米的影子,他心里暗暗发誓,如果再发生这类荒唐闹剧,绝对不会再去理睬了。

果然,这天上岗没多久,里德耳边又传来一声"抢劫啦",几乎是与此同时,他又看到了那团如牛粪般的红头发,心里气得简直要发疯。里德毫不犹豫地走进旁边一家咖啡店,悠然自得地坐下喝起了咖啡,因为他不想看到吉米和换了一个面孔的女人再演什么戏了。

可这回里德万万没想到,他栽在了吉米的手里!因为就在他喝咖啡的时候,黄金街上最大的珠宝商店被抢,为首的歹徒就是红头发的吉米。

几天以后,在黄金街上巡逻的警察换了面孔,据说里德受到了重重的处罚,也不知道现在被发配到了哪儿。

(九 水)

(题图:箭 中)

# 循循"善诱"

沧海沉浮，骗术横生，如何练就一双火眼金睛，怕是需要在教训中慢慢修炼。

# 一道难题

　　张老师这段时间特别寂寞,老伴去照顾生孩子的女儿,三室一厅的房子就他老头子一个人住。还好这夜有人来访,让张老师感觉冷清的家里有了些许生机,所以他特别高兴。

　　来的是一家三口。男的三十来岁,人高马大,西装革履;女的长得不算漂亮,但浑身珠光宝气。张老师一瞧就猜测他们是暴发户之类的家庭,没什么文化,却有钱。倒是他们带来的男孩非常惹人喜欢,十一二岁的年龄,两只眼睛骨碌碌的,很机灵。

　　男的进门就客客气气地对张老师说:"张老师,打扰您了!我们就住在对面那栋楼,我姓李,叫李嘉禾。您一定不认识我们,但我们却早就听说您的大名了,只是一直没时间来拜访。今天麻烦您,真是不好意思。"

男的说到这里，女的便在一旁不失时机地递上他们带来的礼品。礼品有两件，一件是盒装乌牛酒，一件是盒装的牦牛壮骨冲剂。

张老师心里琢磨：这两件东西加起来怎么也得几百块，无缘无故怎么能收呢？他当然拼命推托。

女的说："张老师，我们是有事请您帮忙，您不收，我们倒不好意思开口了。"

张老师一听她这么说，只得暂且作罢，于是便请他们一家三口在客厅沙发上坐下，给他们沏了茶，然后说："有什么事尽管说，别客气。"

李嘉禾告诉张老师，说孩子有道数学题做不来，想请张老师辅导，他边说边把写着这道题的纸条递了过来。张老师一看，这道题是这样的：用6根木棒，摆出20个三角形。

这不是一道小学数学题吗？张老师是教数学的中学老师，这题自然难不倒他，于是他对男孩说："这题简单，来，我给你讲讲。"

男孩很懂事，立刻站起来说："爷爷，我叫阿敏，您辛苦了。"

张老师乐得呵呵直笑，夸孩子真懂事，李嘉禾和他妻子不由面露喜色，李嘉禾说："这孩子读书还行，学校正准备送他去参加全市小学生数学比赛哩。"

为了讲解方便，张老师准备去找六根小木棒来，阿敏说："爷爷，不用，我带着呢！"他说着，就从口袋里掏出六根小木棒来。

张老师接过木棒，就在茶几上边摆边讲解起来："先摆一个三角形，再由三角形的一个顶点向对边摆一根，使它与对边交叉……"张老师很快就把六根小木棒摆完了，"好，我们现在来数数有多少三角形：1、2、3、4、5……"

当数到第十五个三角形的时候，张老师愣住了，因为再找不出第十六个三角形来。张老师以为自己数错了，可是再数一遍，还是如此。看来,这道题有些棘手。

李嘉禾在一边问:"张老师,这题能解吗?"

张老师不说话,他怀疑自己会不会把题目看错,拿过纸条又看了一遍。没错呀,这是怎么回事? 于是他把六根小木棒收起,重新开始摆,摆完了再数,数来数去,数到第十五个三角形的时候,就数不下去了。

这下,张老师的脸发起烫来,他抬头问李嘉禾:"是不是把题目抄错了?"

李嘉禾摇摇头,肯定地说:"不会错的。张老师,不瞒您说,这道题是我花三百块钱从别人手里买来的,据说是这次全市小学生数学比赛里的一道题。卖题人还说,如果比赛时没这题或者是题目弄错了,他保证退款。"

听李嘉禾这一说,张老师半是惊讶半是愤然:"还有比赛前做这种事的? 真是太不像话了!"

李嘉禾脸红红的,他妻子在一旁解释说:"张老师,您不知道,我和孩子他爸都没念多少书,现在虽然有钱,但有时候还是要被人家瞧不起。我们想让孩子比赛拿个奖,我们也跟着挣点面子,这才去买的题,您可千万别笑话我们哪!"

张老师心里真是又好笑又好气,不过想想人家现在是来请自己帮忙,又不是来听自己数落的,所以他嘴上不再说什么了,去拿了支笔和一张纸,在书桌前坐下,改摆木棒为在纸上画图,想重新寻求解题的答案。

一会儿,李嘉禾走到张老师身后,小心地问:"张老师,能解不?"

张老师尴尬地摇头,说:"这道题恐怕我解不出来了。"

李嘉禾一听,惊讶地叹了一声:"唉,看来我这三百块钱是丢到水里去了。"

李嘉禾的妻子这时也凑了过来,咋咋呼呼地说:"考小学生的题咋这么难,连张老师都做不出来?"

张老师一听,脸上立刻就挂不住了。倒还是阿敏善解人意,冲他父母嚷嚷道:"你们烦不烦哪,谁说爷爷解不出来? 你们别说话好不好? 还不如看电视去!"

张老师于是赶紧顺水推舟说:"对了,里面房间里也有电视机,你们进去看会儿电视吧,让我再好好想想。"

李嘉禾夫妻俩被孩子一顿抢白,只好"看这孩子、看这孩子"地嘀嘀咕咕着,去了里面房间。张老师于是重新拿起笔,下定决心无论如何一定要解出这道题来,阿敏则在旁边反反复复地摆着那几根小木棒。

不一会儿,里面房间里传出一阵电视声音,阿敏大叫起来:"爸爸,你们轻点儿好不好? 我和爷爷正在动脑筋呢!"

"好好,好好好!"李嘉禾可怜巴巴地立刻把喇叭音量搁小,并关上了房门。

客厅里这才有了安安静静攻克难题的气氛,可眼看着时间一分一秒地过去,张老师还是没有找到解题的答案。

这时,客厅里的电话铃突然响了,可张老师却一门心思在想题目,竟一点没有反应。李嘉禾闻声出来,一看张老师这个样子,赶紧奔过来接电话。

李嘉禾的妻子跟出来,见李嘉禾在接电话,而张老师还没有把题目解出来,就好奇地走过去,拿过儿子手里的小木棒,也摆弄起来,一边摆,一边忍不住问张老师:"张老师,你说这个放在这里行不行? 是从这里放呢还是从这里放?"

张老师一看,说:"哪边放都解决不了问题,我再来想想别的办法。"说完,又低头在纸上画起来。

也不知李嘉禾是什么时候接完的电话,女人也不再多说什么,他们夫妻俩又走进里面房间看电视去了。

不知过了多久,突然,阿敏惊喜地大叫起来:"我摆出来了!

爷爷,看,我摆出来了!"

李嘉禾夫妻俩闻声立刻开门出来看,这时,阿敏正在数他摆出来的图形给张老师看:"一个三角形,两个三角形,三个三角……"一直数到了二十个!阿敏兴奋得手舞足蹈,一不小心,却将图形给弄乱了。

李嘉禾夫妻俩高兴得不得了,李嘉禾搂着儿子直夸:"我儿子还真行!"他又对张老师说:"张老师,这全是您的功劳,一定是您启发他的!"而李嘉禾妻子的脸上却全然是一副不以为然的表情,弄得张老师老脸涨得通红。他们一家三口告辞,张老师都觉得没脸送他们出门。

说实话,张老师还真弄不明白,阿敏这孩子是怎么把这二十个三角形给摆出来的。他不相信自己教了大半辈子数学,花了近两个小时解不出来的题,会让一个十一二岁的毛孩子给弄出来。

张老师心里很不甘心,正想在书桌前坐下来再好好想想,突然目光无意中扫到桌子底下,发现地上有一根小木棒,他弯腰捡起来,放在手心里左看右看,又瞥一眼阿敏扔在桌上的那六根小木棒,猛然间醒悟过来:"哎呀,他是用七根木棒摆出的二十个三角形哪!"

真相大白,张老师不由深深地叹了口气,他真为李嘉禾夫妇花钱买题感到不值,为阿敏小小年纪却学会了玩花样感到痛心。

刹那间,张老师突然觉得身心疲惫不堪,于是就打算去里面房间睡觉。没料推开房门,他立刻傻了眼!只见房间里空荡荡的,彩电、音响、家具,全都不翼而飞,连床架都不见了,只有一张席梦思斜靠在窗台边上。他三步两步走到窗前,发现有根拇指粗的绳子,一头搭在窗台上,一头垂在楼下,看来房间里不见了的那些东西,都是从这窗户里用绳子吊下去的,席梦思因为比窗台宽,挤不出去,才落下了。

至于李嘉禾他们送来的礼物，还躺在地板上。那盒牦牛壮骨冲剂，里面装的是两块捆扎好的砖头；而装酒的盒子已经打开，里面是空的，说不定窗台上这根粗绳子，刚才就是放在这个盒子里带进来的。张老师霎时觉得天旋地转，冲着窗外大喊："有贼，抓贼呀！"

左邻右舍闻声都赶来了，住对面那栋楼的王奶奶也来了，她一进门就对张老师说："这到底是咋回事？我说嘛，哪有这么晚搬家的？我看见一辆车停在你们楼底下，有人从你家窗里向外放东西，还有两个人在底下接哩。我就觉得奇怪，还特地下楼去问他们，他们说是你请他来搬家的，楼梯过道窄，所以只好从窗口下来。"

张老师一听气坏了，冲王奶奶说："你去问他们，还不如喊我一声呢，就是打个电话给我也好呀！"

"我打了，"王奶奶说，"是个男的接的电话，说你正忙着，没时间过来听电话。对了，我在电话里还听到一个女的声音，问你怎样放合适，你说哪边放都一样，还说再想想别的办法。听你这口气，分明是让他们搬的呀？"

被王奶奶这么一说，张老师愣住了，目瞪口呆地半天说不出话来。还是邻居们脑子转得快，在一旁催促道："快，快打110报警，让警察去抓，肯定能破案！"

（方冠晴）

（**题图**：魏忠善）

# 帮我一个忙

晚上，老张和妻子正在看电视，一个满脸愁容的老乡敲开了他家的门。这老乡姓刘，叫刘守信，说是老乡，其实进城前他老家那个村和老张家隔着几十里地，老张和他并不熟。

刘守信坐下后吞吞吐吐了半天，也没说出个子丑寅卯来。热心肠的老张见他不好意思开口，就朝他笑笑，说："兄弟，你一定碰到难事儿了，说出来，我帮……"

谁想老张这"帮"字刚出口，妻子就在桌子底下踢了他一脚，他只好打住，没有再往下说。但这时候刘守信看到的是老张的笑脸，见老张这么热心，他发现自己没有白来，于是就鼓起勇气说："大哥，不瞒你说，我前几天刚租了个门面，本想好好干一回，可还没开张，媳妇就病倒了，家里这几天实在是揭不开锅了，想问大哥借……借……"

老张一听，人家果然遭难了，脑子一热，张口就说："行，五百块够不够？哎哟——"

老张为啥"哎哟"？是妻子又狠狠地在桌子底下踢了他一脚。

可是老张不理妻子的茬，他觉得自己不能对老乡不讲义气。而刘守信一听老张说要借给他五百块，高兴坏了，连声说："够了，大哥，够了，最多三个星期，门面开张后我一定会尽快还你。"

刘守信最终拿着老张给的五百块走了，他前脚刚走，妻子就脸红脖子粗地骂老张："你有钱啊？一借就是五百，他要是骗子，这钱不是打水漂了？"

老张摇摇头说："乡里乡亲的，我怎么好意思回绝？再说，你怎么知道他是骗子？他说最多三个星期，到时候他肯定会还。要不，他以后还怎么见我？"

"你算什么人？他为什么非要见你？哼！"妻子直朝老张翻白眼，"他们这种人还讲什么脸面？把钱骗到手才是真的！"

妻子在一旁嘀咕个没完，老张被妻子说得没办法，只好盼望三个星期快快过去，到时候刘守信把钱还回来，妻子就没话说了。

可谁知，这个刘守信却偏偏不给老张面子，别说三个星期，整整三个月他都没来上门。于是这事儿就成了妻子数落老张的把柄，在妻子的嘴里，老张就是天下第一大傻瓜。

老张心里窝囊透了，在被妻子奚落了无数次之后，他下定决心去寻找刘守信，问他要回这笔钱。打那天起，老张有事没事地就满大街转，功夫不负有心人，这天他终于在一个地摊边看到了那家伙。

老张愤怒地冲上去，一把抓起刘守信的衣领，发泄道："你这个不守信用的家伙，你可把我给坑苦了！"

刘守信见自己跑不了了，就可怜巴巴地哀求老张说："大哥，实在对不起，一家人现在就靠我摆这个地摊糊口了，我也天天为这事儿睡不着觉哩。不过你放心，我说话算话，那钱我以后挣了一定会还你。"

看对方这副落魄样儿，料他一时也拿不出钱来，老张只好松手，叹了口气，说："兄弟，你以为我是在乎那几个钱？唉，你不知道哇，你让我在你嫂子面前抬不起头来呀！"

刘守信一听老张这话，不好意思地连连跺脚："大哥，那怎么办？"

老张想了想，朝他摆摆手，说："算了，谁让咱们是老乡呢！这样吧，今晚八点你到我家楼下来一趟，我再给你五百块。"

"什么？你再给我五百块？"刘守信以为自己耳朵听错了。

老张拍拍他的肩，说："是的，你再来一趟，先在楼下等着，我给你五百块，等我上楼以后你也跟着上来，当着你嫂子的面再把这五百块还给我。兄弟，就算帮我一个忙，好歹也恢复一下我的形象。"

刘守信一听，鸡啄米似的连连点头："行，行，大哥，只要你能宽限我一阵子还钱，我什么都听你的。"

当晚八点，老张悄悄溜下楼，刘守信果然等在那里了。老张把手里的五百块钱递给他，低声嘱咐道："兄弟，别紧张，等会儿上来，千万不能在你嫂子面前露馅。"说完，转身就先一步上楼，坐在妻子面前，跷着二郎腿得意地等着刘守信来按门铃。

可是，让老张十二万分失望的是，一直等到半夜十二点，门外居然什么动静也没有。

（魏永贵）

（题图：魏忠善）

# 帮哑巴打电话

　　这天,老张下班后骑着新买的摩托车回家,经过十字路口的时候,因为堵车,红灯足足亮了五分多钟。

　　老张的车这时候正停在最靠路边的地方,好不容易等到绿灯放行,这时候突然有个中年妇女急匆匆走过来,拉住老张向他比比划划起来,还指指自己的嘴巴,朝老张摇摇头。

　　老张一看明白了,对方是个哑巴,他心中顿生怜悯之情。

　　中年妇女给老张递过一张纸,老张一看,上面歪歪扭扭写了几行字,大意是说这中年妇女是个哑巴,初到这个地方,不慎迷路了,请好心人帮她打个电话,让她表哥来接她,下面还写了她表哥的名字和手机号码。

　　老张是个热心肠,觉得人家这种情况自己理应帮忙,于是就把摩托车推上人行道支好,随后就从口袋里掏出手机。

那中年妇女一看老张肯帮忙,可感激了,恭恭敬敬地给老张鞠了一躬,把老张搞得怪不好意思的。老张朝中年妇女摆摆手,然后就帮她打起电话来。

铃声过后,老张听到一个男子的声音:"喂——"

老张看纸上写着表哥的名字叫胡阿满,就问:"你是胡阿满吗?"

对方说:"是啊! 你哪一位?"

老张说:"你的表妹来看你,但是不认路了,她现在在人民西路洪兴家具城对面等你,你快来接她吧。"

没想对方向老张连声道谢后却说:"不好意思啊,我对那一带不熟,你能不能告诉我具体位置,说详细点吗?"

老张发觉这事儿还真有点麻烦,但一想人家是残疾人,自己既然帮了忙,就索性帮到底吧,于是抬头打量了一下四周,说:"我告诉你,这地方靠近西门大桥,从桥上下来的话,大约往前五百米的样子。"

对方一听,大概是有了印象,说:"让我想想……那个家具城对面,是不是有个门面很小的拉面馆?"

老张先前没注意,向前走了几步,一看,还果真有个卖拉面的馆子在那儿,便说:"是的,是的,是有个拉面馆,我看看,喔,门牌号是276,人民西路276 号,我就让你表妹在拉面馆门口等你吧,怎么样?"

对方没接口,又在电话里问:"哦,拉面馆前面是不是有条小弄堂? 弄堂口有个修鞋摊?"

老张只好又向前走了十几步,一看,对方说的一点不错,那里确实有条小弄堂,弄堂口有个修鞋摊。

老张没好气地朝电话那头喊道:"你怎么还说不熟? 我看你对这里不要太熟哟,你还瞎磨蹭什么?"

对方赶紧道歉:"对不起,对不起,麻烦你就让我表妹在那条弄堂口等我吧,我马上就到,马上就到。"说完,便挂上了电话。

老张长长地吁了口气,收起手机,再回头去看中年妇女,却一下子愣住了:哪里还有这女人的影子? 就连自己刚买的摩托车也不翼而飞了。

老张顿时吓出一身冷汗,赶紧打刚才那个电话号码,却被告知"对方已关机"。

老张这时才回过味来:天哪,这两人是骗子!

（莫　非）

（**题图**:刘斌昆）

# 谁丢了手机

晓明买了部新的彩屏手机,坐在公交车上,他越把玩越喜欢。

忽然,车厢里有人高叫起来:"停车,停车! 我的手机丢了!"话音刚落,就见一个矮个子年轻人冲到司机身边。

司机是个热心人,立即把车停下,将前后门关死,然后对矮个子年轻人说:"别着急,想想刚才是哪几个站在你旁边的?"

这矮个子年轻人一看就是没经过事的,急得脸涨得通红,他看看这个,又瞧瞧那个,说不准刚才到底是谁站在身边。

于是就有人喊起来:"把车开到派出所去!"

一人带头,大家便七嘴八舌地纷纷出主意,有的说打110,有的说挨个搜身,还有几个年轻的竟摩拳擦掌准备大打出手。

不过有了大家的支持，矮个子年轻人镇定了许多，他对大家说："请哪位先生借个手机用一用，大家帮忙留意着，手机在谁的身上响，谁就是小偷！"

大家一听这办法管用，就不约而同地都从口袋里掏手机，晓明更是自告奋勇地将自己才买了不到一个星期的新手机递给矮个子年轻人。

矮个子年轻人接过手机，哆哆嗦嗦地去摁号码。就在这时，只听后面车厢一阵喧哗，原来有个十八九岁的年轻人已经将车窗推开，正从座位上往下跳。

"抓住他！"一车厢的乘客都愤怒起来，喊着要抓住这个小偷，可此时小偷已经跳到了车下。

矮个子年轻人不是正站在司机身边吗，一看小偷要跑，赶紧叫司机开门，箭一般的跳下车就追了上去。

小偷在前面跑，矮个子年轻人在后面追，两人一前一后，很快就消失在了大家的视野中。

这时候，车上的晓明突然一怔：不对，我的新手机还在矮个子手里啊！不禁失声大叫："手机，我的新手机！他们是一伙的啊！"

（刘　浪）

（**题图**：安玉民）

# 喝了一杯茅台酒

　　阿丕平时嗜酒如命,这次坐火车去广州出差,当然也不能少了酒。出发前,他专门到小酒厂装了五斤老白干,上车后还特地找了个脸朝车头的正座,他觉得坐正座要比坐倒座舒服多了。

　　阿丕坐下后,就忙不迭地从包里拿出酒桶和纸杯,倒了满满一杯老白干,然后美滋滋地喝了一大口。这时,过来一个五十出头的高个子男人,穿着十分讲究,他有礼貌地朝阿丕点点头,然后就在阿丕对面的座位上坐了下来。

　　这高个子男人瞟了一眼阿丕放在桌上的酒桶,笑道:"老哥爱喝两口? 你怎么喝当地产的小烧锅?"

　　阿丕一听高个子男人的问话,似乎是瞧不起他喝小烧锅,于是边往纸杯里加酒,边吹嘘:"这是人家酒厂特制的,一般人根本别想买到。"

高个子男人没说什么,打开提包,拿出一瓶酒,又拿出个和阿丕一样的纸杯,也倒了满满一杯酒。

阿丕一看,眼睛直了,原来高个子男人手里拿的竟是一瓶"茅台"。阿丕长这么大,还从来没喝过这么名贵的酒呢,他盯着高个子男人手里的酒杯,馋得口水都快流出来了。他心里琢磨着:今天这么好的机会,无论如何也要想办法尝尝他这酒……

车到梅河口站的时候,高个子男人对阿丕说:"老哥,咱们下去活动活动,顺便去买点下酒菜。"说着就站起身来。趁高个子男人转身的工夫,阿丕突然来了灵感,把自己的杯子和他的酒杯换了个个儿,这才跟着下车。

一想到就要喝上茅台了,没有好菜怎么行?阿丕于是一咬牙,在站台上买了一只烧鸡,高个子男人则买了一包酱牛肉和一包五香花生米,然后两人一前一后回到了车上。

火车重新启动了,阿丕一心想赶紧把茅台喝了,别让高个子男人发现他换过杯再换回去,于是他端起杯子,对高个子男人说:"咱哥俩遇上也是缘分,来,我先干为敬!"说完一仰脖,就把杯里的酒喝了个干净。

喝完了,阿丕吧嗒吧嗒嘴,心里觉得奇怪:怎么这茅台和我的小烧锅味儿差不多?

就在阿丕愣神的时候,高个子男人也一仰脖喝干了杯中的酒,阿丕发现对方的眼睛直愣愣地盯着他,不禁有点儿心虚。可是还好,他只担心了没一会儿,就见这高个子男人合上眼睛,趴在小桌上睡着了。

这下阿丕心里乐呀,今天真是捡到大便宜了,他于是就"吧唧"一口菜、"滋溜"一口酒,独自将买来的烧鸡,还有高个子男人买的酱牛肉和五香花生米,统统扫了个一干二净。

车到终点站,高个子男人还趴在那里呼呼大睡,阿丕推推他说："兄弟,醒醒,到终点啦!"可却不见动静,阿丕加大了力度,猛地去拉他,谁知他还是不动弹。阿丕感觉不对劲,慌了,赶紧把乘警喊来。

乘警低头一看,神色严峻地对阿丕说："怎么回事？这人被药麻倒了。"说着,就不让阿丕走了,把他们两个一起带下了车。

在车站派出所,阿丕竹筒倒豆子般的把自己如何眼馋茅台酒,如何与高个子男人调换酒杯的事全说了出来。

警察听完,把情况向所长一汇报,回来就乐了,对阿丕说："都说嘴馋能招来麻烦,可今天,是嘴馋救了你的命啊!"

阿丕眼睛瞪得溜圆："怎么,他要毒死我?"

警察说："我们核实了他的身份,这人专门在火车上利用麻醉药作案,把人麻翻后劫走人家钱物。"

"可是……可是,我不是已经把酒杯换了吗？怎么……"

"你难道没喝出味儿来？你喝下去的,其实就是你自己带的小烧锅啊!"

"是啊,我是奇怪怎么茅台跟我的小烧锅没啥两样。可我是下车前换的杯子,买完菜上车,我还走在他前面,那杯酒也是我先喝的,他又是怎么把杯再换回去的呢?"

警察看着阿丕疑惑的神情哈哈大笑,给他解释说："你不知道吧,这趟火车到梅河口后就要改变方向,原来的车头变成车尾,原来正座的就成了倒座。这家伙就是利用这一点,专找不熟悉的乘客下手,可他万万没想到你已经把酒杯换了,所以他事先准备的药酒,最终却被他自己喝下去了。"

当初所以会换杯,还不是贪人家酒喝？阿丕想到这一层,脸"腾"地就红了。不过他还是不明白："这家伙明明是自己在茅台酒里下的药,喝的时候会没感觉?"

"什么茅台呀!"警察说,"他其实准备了好几种酒,你喝什么酒他就拿出什么酒。那个茅台酒,实际上只是拿个酒瓶做幌子而已；如果你喜欢喝茶，他的杯子里就会是和你颜色一样的茶水啦。"

听警察这么一说，阿丕吓出了一身冷汗，真是越想越害怕。可再一琢磨，他又乐了起来：我阿丕就是比别人聪明，没费吹灰之力就为民除了害。哈，我回去后又有吹的本钱了！不过……不过那个最主要的偷换酒杯的事儿，该怎么一笔带过呢？毕竟这不是啥光彩的事儿啊！

（宋利民）

**（题图：李　加）**

姑娘的伤心事

一天晚上，在美国曼哈顿，有个姑娘在海边徘徊了一阵后，正要纵身跳海自杀，被一个水手拉住了。

水手问她："你怎么啦？年纪轻轻，为什么要干这种傻事？"

姑娘流着眼泪说："我来纽约好几个月了，至今没有找到工作，身无分文，这日子怎么过？我想回家，可又没钱买票，无路可走才想到自杀。"

"你家在哪里？"

"布宜诺斯艾利斯。"

"家里还有什么人？"

"有爸爸，还有妈妈。"

水手朝姑娘打量了一阵，又低头想了一会儿，说："你别急，我设法送你回家。"他指指码头上停着的一艘船,说,"看见了吗?那船明天一早起航,开往威尔明顿,然后去迈阿密,再去巴拿马,六个星期后就可到达布宜诺斯艾利斯了。等会儿夜深人静时,我带你上船,把你藏起来,这样你不用花钱就可以回家了。你说好不好?"

姑娘一听很高兴,但马上就想到了一个问题,她说:"好是好,可六个星期不吃东西,我不照样会死吗?"

水手笑了:"这你放心,我好事做到底,保证你渴不着、饿不着。"

姑娘非常感激,于是当天晚上便跟着水手悄悄上了船。

水手把姑娘安置在一只备用的救生艇里,救生艇上面盖着防水帆布,里面虽然气闷,但很安全。

水手对姑娘说:"吃的东西我每天晚上会给你送来,但你千万不能乱动,要是被人发现,会被赶下船的,这样你就回不了家了。"

姑娘不住地点头,连声说谢,水手走了之后,她倒头就睡。

几个小时后,在一片嘈杂声中,这艘船起锚开航了。从这一刻开始,姑娘就躲在救生艇里,不敢越雷池一步,她每天只是凭感觉,觉得这艘船驶离码头后就一直在不停地开啊开,从一个港口开往另一个港口。

那水手倒也说话算数,每天晚上都给姑娘送来食物和水,有时还钻进救生艇来陪她一会。

对于这位好心的恩人,姑娘心里充满了感激之情,所以第六天晚上水手拥抱她,亲吻她,第七天晚上水手在她身边躺下,她都没有拒绝。一场救生艇上的罗曼史,就这样浪漫蒂克地开始了。

但是事情并没有到此为止。

一天清晨,船长发现这只救生艇的防水帆布松了,就亲自动手去把它扎紧。这一动手,他不由大吃一惊,因为他万万没有想到,救生艇里居然躺着个年轻漂亮的姑娘。

姑娘被逮住后吓得浑身发抖,没等船长细问,就把事情经过一五一十地说了一遍,并且苦苦哀求,求船长高抬贵手,无论如何把她带到布宜诺斯艾利斯去。

船长听完好不恼火,他问姑娘:"那个引你上船的无赖,叫什么名字?"

姑娘摇摇头。

"你能认出那家伙来吗?"

姑娘依然摇摇头:"我没有在亮光里见过他,但我知道他是个好人,他仁慈、善良,我永远感激他。"

船长越听越生气,怒气冲冲地朝姑娘吼道:"你呀你! 你知道我们这是条什么船吗? 这是纽约斯塔腾岛的摆渡船,它每天沿着老路开过去,又开回来。别说六个星期,就是六年,也到不了你布宜诺斯艾利斯的老家!"

(作者:罗斯顿;**讲述者**:吴文昶)

(题图:箭　中)

# 黄 雀 在 后

　　话说忽悠也需"资本",更需技巧,否则那些赔了夫人又折兵的买卖,可是苦滋味。

# 绝卖

自选商场的老板王秃子，是个头脑活络的生意人，加上商场处的地段好，生意一直很兴隆，王秃子收入颇丰。

可是钱不咬手，越有越想有。这段日子正赶上手机热，手机价格扶摇直上，王秃子瞅着眼热，就拿出全部资金到广州去进货。可他万万没想到，一个月后手机市场就到了饱和状态，手机落到了地板价，尽管王秃子进的广州货型号还算新，但也已经销不太动了。

王秃子这下傻了眼，一夜间，嘴角起了一溜大泡。

王秃子虽然掉进了坑里，但毕竟经商多年，眼珠一转，想出了一个歪点子。

第二天，王秃子不露声色，把一部手机放在柜台上一个不起眼的地方,看上去就像是哪个粗心的顾客遗忘在那儿似的。果然,没多久,就有人把那部手机揣进了自己兜里。

王秃子看在眼里,也不吱声,瞄着那人走到商场出口处,交了货钱就要出门的时候,他这才一个高地蹦过去,说:"哥们,太不地道了吧?"

那人吓了一跳,嘴里却不含糊,回答得很干脆:"咋了?"

王秃子说:"手机。"

王秃子这"手机"两字出口,那人就软了,说:"既然你都看见了,这事好商量,咱们二一添作五,见面分一半得了。"

王秃子朝他一瞪眼:"谁和你见面分一半?这是我店里卖的货,少废话,付账吧!"

那人不信,拿出手机仔细一看,这才发现手机背面贴了张极小的标签,上面标着单价,三千二百元,整整要比市场价高出一千元。

那人急了:"怎么就一部手机放那儿卖?"

王秃子得意地一笑,说:"这叫绝卖,懂吗?你要不买也成,咱们这就去派出所公了。"

那人真是哑巴吃黄连,有苦说不出,脸上赤橙黄绿什么颜色都有,最后只得一咬牙,掏钱把手机买下。

王秃子用这法子,头一天就"卖"出了三部手机,而且这三个挨了宰的顾客还不敢多嘴,只怪自己贪小惹了祸。王秃子心里这个美呀,就甭提啦!

过了一个星期,这天,一个五大三粗的人走进王秃子的自选商场,进门就直奔"绝卖"手机而去,拿起就揣进自己裤兜里。王秃子照旧不动声色,还特地闭上眼睛养了会儿神,估摸着时间差不多了,才踱到门口,正好堵上那大汉要开溜,王秃子走上去,一把拉住了他。

那人问:"干啥?"

王秃子又是老规矩,说:"手机。"

那人朝王秃子一笑,说:"借我的手机打呀?也该说声'劳驾'嘛!"说着,就从裤兜里掏出手机,递给王秃子。

王秃子一看,愣住了。为啥?这部手机是黑色的,而且还比自己那部绝卖手机大了一圈。可是王秃子哪肯罢休,说死闹活地要搜那人的身。

那人也不示弱,问王秃子:"如果搜不出来咋办?"

王秃子说:"任打任剐。"

那人说:"兄弟,你那二两肉还不够我剐的!我说,你若是搜不出来,就赔我二千元精神损失费,要不我告你个非法搜身,侵犯公民人身权利!"

王秃子一瞪眼睛,赌气说:"行!"

可奇怪的是,任凭王秃子怎么搜,就是不见那部绝卖手机的影子。王秃子没辙了,只好忍痛拿钱出来,好言好语地给那人赔不是,让人家走人。

临走时,那人大笑:"大吃小、小吃大,天包地、地包天。哈哈哈哈!"

王秃子瞪着牛眼睛瞧着他出门,可是心里实在不甘。他一连琢磨了好多天,就是想不明白这部绝卖手机怎么会在那人面前就"老母鸡变成鸭"的。

直到这天,王秃子在电讯市场忽然看到有卖手机壳子,这才恍然大悟:唉,人家都明明白白告诉你'大吃小、小吃大,天包地、地包天'了,你还愣是不知道,整一个大傻蛋嘛!

他狠狠抽了自己一个大嘴巴,从此再也不敢干坑人的买卖啦。

(冰 儿)

(题图:魏忠善)

# 活见鬼

　　方强从小没了父母，多亏舅舅把他带大。可他就是不争气，高中毕业没考上大学，成天跟社会上那些混混儿搅在一起，喝酒赌博，打架闹事，舅舅每月给的零钱也根本不经他花的，没几天就用完了，然后就变着法子再问舅舅要。

　　时间长了，舅舅知道了底细，便狠狠地把方强骂了一顿，说："你小子如果不学好，今后再不要向我开口，我一个子儿也不会给你!"

　　当着舅舅的面，方强嘴里"嗯嗯嗯"地一口应着，可背转身去，就把舅舅的话抛在了脑后。这不，时隔不久他就又欠下了一大笔赌债，别看那些赌友平时一口一个"哥们"地叫着，可现在见他这个样儿，立马就变了脸。

　　眼看自己非挨他们修理不可,方强想来想去,只有向舅舅开口要钱。可是他也知道舅舅的脾气,不用点招儿,舅舅是不会给他的。用什么招儿呢? 假装生病,谎称骑车撞了人……唉,这些招数方强都已经用过,再用就不灵了。

　　无奈之下,方强干脆把赌友们叫来,说是只要帮他想办法从舅舅那里骗出钱来,他就可以还他们赌债。

　　赌友们一听当然说好,于是就热烈地议论起来,最后一致认为用女朋友做借口最好,因为方强年近三十,至今光棍一个,外甥的婚姻大事舅舅能不操心? 外甥若是成了家,舅舅肩上的担子便可彻底解脱,所以大家都觉得,用这个办法舅舅肯定会掏钱。

　　可方强却直摇头,说:"你们不知道,我这种借口已经骗过舅舅三次了,他现在怎么会信? 除非真弄个女的来帮帮忙。你们谁肯借我一个呀? 唉,你们还不都跟我一样,光杆司令一个!"

　　方强话音刚落,有个小子就撇嘴说:"不错,我们也都是光杆司令,可你干吗不自己动动脑子? 没有怕什么? 去借一个来呀! 不就是糊弄你舅舅一回嘛!"

　　"那也不行!"方强还是摇头,"借那种女人要价很高,我就是从舅舅身上弄来几个钱,还不够给她的呢!"

　　一计不行,又来一计。另一个小子拍着脑袋对方强说:"对了,我有个朋友是开服装店的,他那里的塑料模特,简直跟真人一模一样,我去替你借一个来,连同头套和身上的衣服,一起拿过来,你把这玩意儿捂在被窝里。你老舅不是个忙人吗? 他白天一定没时间,最好了,你让他晚上来,到时候你就说女朋友生病,刚睡着,你老舅总不会掀开被子看外甥媳妇的屁股吧?"

　　这办法好! 众赌友听了个个拍手叫绝,还给方强补充了许多细节:让模特面朝里睡啦,卧室里别开灯啦,床前再摆一双女式高跟鞋啦……等等。

行骗方案敲定,方强便去找舅舅,说自己已经有了女朋友,很快就要结婚了,现在是万事俱备独缺钞票,请舅舅支援三千块钱。

舅舅朝方强看了看,又想了想,说:"好吧,我白天没空,晚上先过来看看。至于钱嘛,到时候再说。"

方强见舅舅是不见兔子不放鹰,忙说:"那好,晚上我把女朋友也一起叫来,拜见拜见舅舅。"

吃过晚饭,方强就开始精心布置。差不多到九点的时候,舅舅果真蹬着自行车来了,他进屋坐下,接过方强递上的茶,瞥一眼四周,问:"怎么,你女朋友没来?"

方强说:"不,她早来了,在床上睡着哩。"

舅舅一愣:"什么? 睡床上了? 你叫她起来,我要跟她说说话。"

方强心里一紧,赶忙说:"舅舅,她感冒发起烧来,刚才我给她吃了药,所以才睡着的。要不,明天……明天我带她去拜见舅舅吧!"

舅舅盯着方强看了一会,说:"我有感冒特效药,我进去看看她,如果烧还没退的话,吃了我这药,保证立马就好。"舅舅说完,起身就要进卧室。

这下方强急坏了,要是舅舅进去说要摸额头,不就拆穿西洋镜了吗? 他急得一把拦住舅舅,说:"不,舅舅,你不能进去。"

"为什么?"

"她……她怕……怕羞。"

"怕你个鬼! 哪有外甥媳妇见了舅舅怕羞的? 看来你又在捣鬼了,想骗我的钱,是吗?"

被舅舅这么一说,方强噎住了,一时不知怎么办好。

就在这节骨眼上,突然,从卧室里走出个长发披肩、衣着时髦的姑娘来,嗲声嗲气地说:"这位是舅舅吧?"

这一来,方强惊呆了!

可舅舅却不知内里,一看外甥这回真没骗他,女朋友果然来了,而且见他舅舅来,生了病还特地从床上起来,心里不禁乐开了花,忙说:"你不是正发烧吗? 快,快去床上躺着。"随后,又爽快地从口袋里掏出一沓钱来,说:"舅舅最近手头不宽裕,今天带了三千块,先表示个意思吧,等你们真办事的时候,舅舅再给你们。"说完,他把三千块钱往姑娘手里一塞,转身就要走。

这时,方强还站在那里发愣:怎么卧室里会突然钻出个姑娘来的呢? 更奇怪的是,这姑娘居然跟床上的那个模特长得一模一样,一样的头发,一样的穿着,一样的身材,一样的脸蛋……天哪,一个塑料人怎么一下子变成了活人,会说话,会走路,这是怎么回事?

方强真是百思不得其解,他正发着呆呢,忽听姑娘喊他:"方强,你怎么啦? 舅舅要走了,你快送送他呀!"

方强这才回过神来,赶紧应声推出车子,送舅舅出门过巷。

一路上,舅舅可高兴了,嘱咐方强说:"你小子能有这么个对象,看来还有点福气,你以后可得好好待她,把日子过好。要不,我对你不客气。"

方强嘴上应着,心里可真说不出是什么滋味,他把舅舅送到巷口,看着舅舅骑上车子走远后,转身撒腿就往回跑。他气喘吁吁地冲进家门,直奔卧室,一看,床上躺着的依然是那个塑料模特,面朝里,纹丝不动。

此刻,方强根本没有心思去判断刚才突然出现的姑娘到底是怎么回事,他急于要把舅舅给的三千块钱拿到手。于是冲到床前,掀开被子,却不由大吃一惊:塑料模特一丝不挂地躺在那里,身上的衣服不知去向。再拉过它的手一看,只见它左手空拳半握,右手半握空拳,根本没有钞票的影子。

方强真是又惊又奇,:这到底是怎么回事?

方强当然不肯就此罢手,把塑料模特甩手往地上一丢,对床铺来了个彻底搜查。折腾了半天,啥也没有找着,最后在枕套的拉链处发现夹着一张小纸条,上面写道:演场闹剧欲诈你舅,办事毛糙险些出丑,紧要时我挺身而出,扭转大局钞票到手。我的演出不能白干,三千块钱就算报酬。底下署名:飞天女侠。

方强这才明白:刚才突然出现的长发女郎,一定是借模特给自己的那家伙故意设的套。唉,自己这回是偷鸡不成蚀了把米,从舅舅那里骗来的钱没沾手不说,还要赔上一套塑料模特身上的高档女装。他敲着脑袋直骂自己:"我干什么呀,这不是活见鬼吗?"

（张发亮）

（**题图**:黄全昌）

意
外
丢
失

　　周末,王风光搭中巴车去郊外写生。车厢里人不多,车子开了没多久,大多数乘客都或靠或伏地在位子上打起盹来,王风光一点睡意也没有,就开始观察车厢里的乘客。

　　一个胖子首先吸引了他的目光,胖子的座位稍稍靠前一点,和王风光隔了一个过道,他显然是上车前猛喝过几盅,脸红红的,一副昏昏欲睡的样子。再看他的穿着,料子很挺括,不用说,这人肯定是个阔佬。随着车子的颠簸晃动,胖子很快睡着了,一只手机从他裤袋里滑落出半个机身。

　　王风光想看看有钱人用的是什么样的手机,就凑上前去看,却突然瞥见后排有个瘦子,也正注意地盯着胖子裤袋口露出的这半个手机看。王风光心里一"咯噔",再用眼角一扫,发现这瘦子不对劲,一双小眼睛一会儿盯着胖子,一会儿又抬起头来瞧瞧这、看看那,嘴角上还挂着一丝狡黠的笑。后来,瘦子大概发现王风光在注意他,眼神马上变得慌乱起来。

王风光心里断定这瘦子十有八九是个扒手,于是就把随身带着用来写生的画板抱在胸前,假装靠着它打瞌睡。他所以用这个姿势,其实是半眯缝着眼睛想看看瘦子下一步到底会怎么做。

只见那瘦子先是坐立不安了会儿,然后就开始悄悄朝胖子身边靠。王风光下意识地用手摁摁自己口袋里的钱包,然后就故意把眼睛闭上,因为他不想多管闲事。

王风光本来没准备睡,哪知道装睡装睡竟真的睡着了。也不知过了多久,他被一阵嚷嚷声闹醒,睁开眼睛一看,那胖子正站在车门口又叫又跳,说他睡过头坐过站了,叫司机停车。司机嘀嘀咕咕地一边骂一边把车停了,催他赶紧下去。

这时候,王风光睡意未尽地回过头去,发现瘦子正用那种似笑非笑的眼神诧异地望着他,他心里不由一惊:这偷儿胆子也忒大了点吧?那胖子光急着下车,可能还不知道裤袋里的手机已经不见了呢!

这么一想,王风光就下意识地摸自己口袋里的钱包。这一摸不打紧,他发现自己口袋里空荡荡的,一分钱也没有。这下王风光急得浑身的血都往头上涌,他猛地站起来,对着瘦子厉声问道:"你应该知道这是怎么一回事吧?"

瘦子显得有些紧张,但仍是一副似笑非笑的样子,说:"你是说……你是说你的钱包吧?"

一看瘦子结结巴巴说话的样子,王风光知道这小子挂不住了,就更加抬高嗓门吼道:"快把我的钱包交出来!否则,就拉你上派出所走一趟!"

车上的乘客被王风光这么一喊,都惊讶万分。

那瘦子急了，说："我不是小偷，我坐在这里动都没动，你怎么说我是小偷呢？"

王风光哪里肯信，冲着他说："一上车我就注意你了，你不光到处乱看，而且老是一副要笑不笑的样子。再说了，如果钱包不是你偷的，你怎么知道我要问你钱包的事情？"

瘦子听王风光这么一说，表情更古怪了，眼睛眨巴了几下，很不情愿地说："你说我要笑不笑，那是因为我得了面部神经错乱症，这该死的病不光表情不能控制，就连眼睛看上去也像是不对劲，我现在就是去郊区一家中医学院针灸治疗的。我真没拿你钱，不信你可以翻我的包。"

王风光一听，愣住了，他本以为这个瘦子肯定是个扒手，结果人家却是脸部有疾患的病人。王风光想了想，只好退一步问他："那你有没有看见，刚才我睡着的时候，谁到过我身边？"

瘦子说："我因为是去看病的，身上带了点钱，害怕车上有小偷，所以就一直不敢睡。可不瞒你说，我闲着东看西看地看四周，发现你老盯着刚才下车的那个胖子的口袋看，后来还装睡偷着看，就以为你是小偷，所以一直提防着你，后来见你睡熟了，又打起鼾来，我才放下了心。再后来，我就看见那胖子站起来，回头朝车厢里望望，然后走到你身边站了一会，我还以为他是在往窗外看什么东西。就一会儿工夫，他就突然跑到车门口叫坐过站了。唉，要知道他那是在偷你的钱包，我早就叫你了！"

王风光这才明白：自己和瘦子互以为对方是贼，都以为对方要去偷胖子的手机，却不想这死胖子才是个故弄玄虚的贼！

（任瑞珏）

（题图：安玉民）

最近有点烦

　　毛军的修车铺隔壁新开了一家泡馍馆，一帮卖鸡鸭的摊贩看这东西又便宜又好吃，就三天两头地来，那些装鸡鸭笼子的车停在泡馍馆门口，难闻的臊臭味随风飘过来，让毛军饭都吃不下。

　　这天中午，难闻的气味又飘过来了，毛军一看，一辆驮着两笼鸡的三轮车居然就停在他的修车铺门口。都是邻居，毛军不好意思说，可一肚子的火又没处发，他怕再有车停过来，只好靠在铺子门口看着。

　　一个小青年路过，手里捏了一支烟，看见毛军，就凑上来问："大哥，借个火行吗?"毛军顺手把燃着的烟递过去，那小青年就有一句、没一句地和毛军搭起话来。毛军听出来，这小青年是个耍嘴皮子的客,灵机一动,就恭维他说:"还真瞧不出,你年纪轻轻的见识倒不少啊!"小青年果然就被毛军说得轻飘飘起来:"我不但什么都知道,还什么都敢干哪!"

"这话可是你说的?"毛军指着铺子门口那辆装着两笼鸡的三轮车,对小青年说,"你瞧,两笼鸡加上一辆车,少说也值个上千元,你敢把它推了走?"小青年看看毛军,想了想,也不问为什么,说:"只要你肯帮忙,我就敢推它走。"

毛军鼻子里哼了声:"难不成让我帮你推?""那倒不是,"小青年说,"不用你动手,只要你应个声就行。一会你在铺子里别出来,我在外面喊'大哥,我把车推走了',你就应一声'推走吧';我说'那我走了',你就说'走吧,我忙着呢,就不出来送了'。"

"就这?"

"就这。你应了声,我推车时别人才不会起疑心,就算以后有人问你,你也可以借口自己在里面,没看见。"

毛军一听,不由对这小青年刮目相看:这小子,想得倒是挺周到啊!他觉得小青年的话有道理,就说:"行,就这么办!"然后转身进了店铺,还故意背对着门口。

不一会儿,外面果真响起了那小青年的声音:"大哥,我把车推走了。"毛军在里面头也不抬地应声:"推走吧!"

"那我走了。"小青年的声音越发响亮。"走吧,我忙着呢,就不出来送了。"毛军在里面一边扯着嗓子回答,一边心里偷着乐:哼,看以后谁还敢把车停在我铺子门口!

毛军故意在铺子里磨磨蹭蹭地瞎忙乎了一阵,估计那小青年走远了,这才走出铺子。可是一抬眼,不对,那笼子车怎么还在?再一瞧,自己停在门口的摩托车不见了!

(一　刀)

(题图:李　加)

# 在劫难逃

这天晚上，小镇上发生了一起抢劫案，住在旅馆里的一个来自芝加哥的钻石推销员，被歹徒掳走了价值二万多元的钻石，歹徒在得手之后，又抢了一辆停在旅馆门口的轿车逃之夭夭。

旅馆经理向警方报案，警察立即出动捉拿歹徒，很快就在离小镇不远的树林里发现了那辆被抢的轿车，但却不见歹徒踪影。警方于是在小镇包括附近所有通道上布下天罗地网，设卡拦截这个歹徒。

时至半夜，从小镇方向开出一辆卡车，虽然下着瓢泼大雨，但车速却很快。到开出小镇大约两公里远的地方，因为路面有一段积水很深，驾驶员只得减速。谁想这个时候，卡车副驾驶旁边的车门突然被拉开，跳上来一个人，把一把钢刀搁在司机脖子上,说:"把钱拿出来,不然要你的命!"

　　也许,驾驶员曾经经历过这种打劫的事情,所以并不显得怎么惊慌,他立刻把车停下,从口袋里掏出皮夹,对那人说:"对不起,我身上只有这点钱,全给你。"

　　那人接过皮夹,捏了一下,然后在副驾驶位上坐下来,对驾驶员说:"开车,不许声张!"

　　卡车于是继续冒着大雨开起来,不过车速却减慢了很多。

　　在绕过一个山坡后,路前方不远处突然亮起了红灯,驾驶员扭头朝旁边那人看看,说:"估计要停车检查,怎么办?"

　　那人用钢刀顶住驾驶员的腰,低声说:"要问,你就说我是你侄儿,叫杰里。你听好了,若是敢乱说一句,我先宰了你!"

　　驾驶员点点头,又微微一笑。

　　车子开到红灯处,那里靠路边有一块空地,空地上停着几辆警车,这时候都开亮了大灯,把四周照得如同白昼。

　　驾驶员把车停下后,警察就围了上来,警官首先要去了驾驶员的驾驶执照,然后开始盘问:"从哪儿来?"

　　驾驶员说:"从格兰吉来。"

　　"去哪儿?"

　　"去桑诺。"

　　"干什么去?"

　　"接我太太。"

　　"怎么这么晚?"

　　"火车要一点半才到,去早了没用。"

　　警官看了一眼坐在副驾驶座上的那人,问:"他是你什么人?"

　　驾驶员扭头一看,见那人脸色苍白,便说:"是我侄儿,出来好好的,半路上忽然肚子疼了。"

　　警官点点头,又问:"这一路上,你们有没有碰到在路上游荡或是要搭车的人？"

驾驶员想说"那个人就是搭车的"，但硬邦邦的钢刀此时正顶在他的腰上，他话到嘴边又咽了回去，只是摇头："没有。"他好奇地问，"警官先生，发生什么事了吗？"

警官说："镇上发生抢劫案，歹徒跑了。但他跑不掉，我们会抓住他的！现在请你们先下来，把车钥匙留在车上，我们要检查车子。"

"好吧。"驾驶员应了一声，就拉开车门，跳下车来。谁知他脚刚落地，就立刻朝停在空地上的警车方向跑，边跑边喊："车上那小子就是歹徒！他手里有钢刀，快把他抓起来！"

警察们猛地愣住了，待回过神来，卡车上那人已经挥舞着钢刀跳下车来，撒腿就朝路边的田野里跑。但他并没有跑出多远，"砰砰砰"警官手里的枪就响了，那小子当即栽倒在地上。

警察们围上去，搜遍了他的全身，只搜出一个小小的钱包，钱包里有几张纸币，还有两粒小小的钻石，这可以证明，这个人就是抢劫推销员钻石的那个歹徒。可问题是，当时推销员身上被抢走的不光是这两粒小东西，还有一块未曾切割的大钻石，去哪儿了呢？

警官让驾驶员详细讲述他被歹徒劫持的经过，然后去卡车上进行仔细的搜查，可是却一无所获。他们猜测，也许歹徒在劫持卡车前就已经把钻石藏在什么地方了，只有等天亮后再组织警力进行搜索。

驾驶员在警方的笔录上签了字，然后一看手表，已经凌晨两点，他有点着急，问警官："我现在可以去桑诺了吗？我太太一定等急了。你们如果还需要我做点什么，随时和我联系，我一定随叫随到。"

警官拍拍他的肩膀，说："你今天帮了我们大忙，谢谢啦，以后说不定还要麻烦你哪。"他说着，让手下递过一杯酒，"来，这一路上受惊了,喝点,镇定一下。"

　　驾驶员似乎有点受宠若惊,接过酒杯,连声道谢,喝完后便告别众警察,跳上卡车,不一会儿就消失在了茫茫黑夜之中。

　　接下来,警察们继续盘查所有过往的车辆。但他们怎么也不会想到,其实他们已经铸成了大错,因为他们刚才放走的这个驾驶员,就是那个抢劫推销员钻石的歹徒。

　　此刻,那歹徒正开心地一路吹着口哨,继续开他的卡车,那块未曾切割的大钻石就系在他的腰里。歹徒心里可得意了:哈,什么警察,简直就是一群蠢猪!只是那小子死得有点冤。不过,"无毒不丈夫"嘛!这种紧要关头,我别无选择,只能借刀杀人了。

　　他正这么得意洋洋地想着,突然发现对面来了一辆车,他急忙打方向盘避让,不知怎么卡车却冲出路面,翻身掉进了沟里,四个轮子朝天,不会动弹了……

（作者:希区柯克;讲述者:吴文昶）

（题图:箭　中）

# 道 高 一 丈

俗话说人外有人，天外有天。心思若不用在正道上，即便机关算尽，滴水不漏，也难逃恢恢法网。

# 出门在外

　　今年六月,张亮出差去番石,坐火车到燕城后要转汽车。他找到长途客车停车场,在大门口,一个十七八岁的女孩迎上来,冲他笑了笑,问道:"先生去哪里?"

　　张亮说:"番石。"

　　"正好,"那女孩说,"我们的车就跑番石,空调豪华中巴,又快又稳又凉快,包您满意。来,我帮您提行李。"

　　张亮不免心存戒意:"你这车……票价多少?"

　　"国家定的价,每张七十元。放心,不会讹您的啦!"女孩"咯咯"地笑,边说边拿过张亮手里的旅行包。

　　临行前,张亮曾经向去番石的同事打听过,说的就是这个价,所以此刻他放下了戒心,便随女孩来到车场另一头靠边停着的一辆豪华中巴前。

张亮上车一看，没有乘客，只有一个小伙子在擦拭挡风玻璃，看样子他是司机。张亮不禁有些犹豫，问女孩："要等多久开车？"

"十五分钟。"女孩肯定地回答，"我们的车是定点的，时间一到，空车也得走。"她把手里的旅行包交还给张亮，关切地说，"先生像是刚从火车上下来的，先坐下歇歇吧。"

张亮一听女孩这话，不由对这班车产生了好感，等就等会儿吧，于是就挑了个靠窗的位子坐了下来。

这时候，上来一个穿着时髦的俊俏女郎，只见女孩立刻迎了上去，嘴里甜甜地问道："小姐，去哪里？"

时髦女郎昂着头，傲气十足地反问道："你的车去哪里？"

女孩愣了愣，说："去番石。"

"那就去番石。"时髦女郎环顾车厢，就在车门旁边一个临窗的座位上一屁股坐了下来。

女孩被时髦女郎闹了个没趣，不免有些尴尬，不由看了司机小伙一眼，小伙子摇头朝她笑笑，不吱声。

见一时没有乘客上来，女孩便打开背着的黑挎包，拿出票夹，走到时髦女郎跟前，很有礼貌地说："小姐，请买票，去番石，七十元一张。"

"车还没开，你急着买什么票？"时髦女郎两眼瞅着窗外，头也不回。

女孩解释说："小姐，我跟车才三天，等会儿人一多，我怕出错……"

时髦女郎不耐烦地回她一句："你仔细瞧瞧，我像会赖你车钱的人吗？"

女孩不吱声，眼眶里似乎有点泪花，很委屈的样子。

怎么能这么说话呢？张亮在旁边看不下去了，于是故意大声对女孩说："反正是坐这趟车,先买后买有什么关系。来,我先买票!"

大概时髦女郎觉得张亮这是在讨好女孩,不屑地朝他白过来一眼,鼻子里还"哼"了一声,然后拿出随身包里的梳妆盒,打开,对着镜子给自己补起妆来。

女孩感激地对张亮说："谢谢您,谢谢您!"

张亮朝女孩挥挥手："坐车买票,天经地义,谢什么?"他一边说着,一边就从贴身的衬衣口袋里掏出一张五十元和一张二十元的钞票,递给女孩,随后起身将旅行包往行李架上放。

"先……先生……"女孩的声音忽然有些怯生生的,张亮回头一看,女孩犹疑着将张亮刚才给她的那张五十元钞票递了过来。

"怎么,你怀疑这是假钞?"张亮不免有些生气。

"不不不,"女孩连连摇头,"我不是这个意思,是我自己才跟钱打交道,眼生,怕看不准。能不能请先生换一张?"

"好吧。"张亮心里觉得好笑:这也太小心了吧?他接过女孩递回的钞票一捏,也难怪,确实手感有些绵软,兴许是在衬衣口袋放的时间长,沾了汗的缘故吧,张亮记得这张钞票是在火车餐车上找回的,当时还认真查验过,绝对不会是假钞。他把这张钞票放进钱夹,另外又抽出一张一百元的,递给女孩,女孩接过去后,立刻把张亮先前给她的那张二十元还给了他。

这时候,车上的空调还没开,车厢里闷闷的,张亮觉得浑身燥热,一把脱下身上的外衣,挂在车窗旁的衣钩上,随手拉开窗帘,移开了窗门。突然,他听到窗外一声喊:"喂,先生,窗关小些,当心衣服吹出去。"张亮伸头一看,是那个司机小伙站在车下,不由心里一阵热乎,这服务态度还真不错。

张亮回转身,没想那卖票的女孩拿着他刚才给的那张百元钞票,还在正面看反面看,一副难以定夺的样子。张亮猜想她一定是个才上岗的生手,不由哈哈大笑:"你放心,这钱是我出差前才从银行取的,绝对不会假。"

可是女孩却涨红着脸,挺难为情地对张亮说:"我明白,您这么好,绝对不会骗我的,可我心里就是不踏实。不瞒您说,连今天在内,我跟车卖票才三天……"

看着女孩可怜兮兮的样子,张亮脑子里一个激灵,索性豪情万丈地打开自己的钱夹,说:"干脆,你自己挑一张,这总放心了吧?"

女孩顿时羞得脸更红了,抖抖索索地从张亮的皮夹里抽了一张崭新的一百元,嘴里不住地连声道谢。

这时候,就见司机小伙从车门外探进头来,朝女孩喊道:"大门口来了客,你快去接一下!"

"好嘞!"女孩答应一声,朝张亮笑了笑,招呼道,"对不起,先生,我先去接一下客,回头马上找您零钱。"说完,转身就要下车。

这边女孩还没走到车门口,那边时髦女郎不知什么时候已经收起了她手里的小镜子。只见她扬着一张百元大钞,妩媚地笑着,朝车下那个司机小伙喊了声:"小哥,麻烦你给我买两瓶矿泉水好吗?要'太阳神'的。"

司机小伙迟疑了一下,上车走了过来。可是,就在他伸手过来接钱的时候,只听"咔嚓"一声脆响,一个闪亮的钢箍套住了他的手腕;几乎是与此同时,急欲下车的女孩"哎哟"一声,一只手也被锁在了手铐的另一头。

一切都发生在瞬间,张亮简直看得目瞪口呆。

这时候,时髦女郎掏出一个本本,打开,伸到张亮眼前,张亮一瞧,眼睛睁得溜圆,只见那上面写着:见习警官风晓露。

风晓露一把扯过女孩胸前的黑挎包,从里面掏出一把钞票给张亮看,各种面值的新版、老版,都有。

"难道他们是……"张亮又吃惊又尴尬。

"你上当了!"风晓露确定无疑地对张亮说,"你看,这都是他们用来耍伎俩的假钞。"她边说边又从女孩黑挎包的夹袋里搜出几张钞票,"知道不,这才是你买票时给她的真钞票,她每次就是趁你整行李、开车窗或由这个所谓的司机搭档来引开你注意力的时候,用假钞换走了你的真钞,如果你当场发现了,他们会一口咬定假钞就是你的。这些伎俩,我从小镜子里看得一清二楚。"

原来如此!想起自己刚才在这个年轻的见习警官面前傻乎乎干下的一切,张亮不由恼怒万分,真恨不得上去狠狠扇这两个骗子一巴掌。他在心里对自己说:以后出门在外,还是多长个心眼的好。

(言 一)

(**题图**:姜建忠)

# 六角形美梦

　　柳小兵的父母都在外地工作,他从小就和叔叔一起生活。柳小兵的叔叔是个诗人,每天饮酒做诗快活得不得了,柳小兵功课做完之后,只要看到叔叔在写诗,他就自个儿到隔壁梁爷爷家开的古玩店去玩。

　　这年中秋,柳小兵叔叔做了一桌菜,叫柳小兵去把隔壁梁爷爷请来,一起喝一杯。可是柳小兵一走进梁爷爷家,不禁愣住了,只见两个彪形大汉一左一右将梁爷爷夹在中间,正在和他说着什么。

　　其中一个大汉看了柳小兵一眼,问:"这小朋友是谁呀?"

　　梁爷爷回答说:"是朋友家的孩子。"

　　梁爷爷转而又问柳小兵:"有事吗?"

柳小兵有点害怕，但还是挺了挺胸，大声说："我叔叔想跟您下盘棋。"

梁爷爷一听点点头，说："告诉他，我今儿有事，去不了啦。"

柳小兵转身要走，梁爷爷又说："回去告诉你叔叔，那枚玉蛋我已经出手，再不能留给他了，只好抱歉啦。"

柳小兵听了又一愣：昨天不是还看着梁爷爷把这枚玉蛋藏进保险箱里的吗？这是梁爷爷最喜爱的东西，怎么转眼就出手了？再说，叔叔什么时候说过要买梁爷爷的玉蛋？他哪来这么多钱？柳小兵知道，叔叔痴迷写诗，但一年挣不了多少稿费，他现在开的这家小百货店，还是爸爸帮忙出的钱。但是柳小兵见这两个彪形大汉一直虎视眈眈地瞪着他，他也不想多问，就点点头，转身回了家。

柳小兵一踏进家门，就把在梁爷爷家看到的情景告诉叔叔，还把梁爷爷要他转告叔叔的话也学说了一遍。叔叔一听就觉得不对劲，越想越可疑，于是就立刻报警。

果然，那两个大汉是打梁爷爷古玩店主意的歹徒，柳小兵去时，他们正在威逼梁爷爷，要他说出放古玩珍品的地下室门锁的密码，幸好柳小兵叔叔及时报警，梁爷爷才逃过此劫。不过遗憾的是，那两个大汉却被他们侥幸逃脱了。

事后，梁爷爷把柳小兵好一阵夸。

很快过去了两个月，这天柳小兵放学回家，叔叔乐呵呵地给他看一封信，说："小兵，叔叔的好运来啦！"柳小兵接过一看，原来是一封邀请信，有个大公司愿意赞助叔叔和另外几位诗人出诗集，所以出版社邀他们去市郊阳明湖畔一个新开张的俱乐部参加改稿会，会期是两天，后天就报到。

柳小兵问叔叔："啥叫改稿会呀？"

叔叔满脸洋溢着藏不住的喜气，说："不要自己花一分钱，人家请你去看看风景，喝喝小酒，几个文人聚一堆，天南海北地侃大山,这样容易产生灵感,能把稿子改得更精彩。"

柳小兵一听,真替叔叔高兴,拍着胸脯说:"叔叔,家里有我替你把门,你就放心去吧!"

"你这傻小子!"叔叔说,"出版社刚才已经来过电话了,那个王编辑说,去开会的人还可以带一个家属。我不能把你一个人撂在家里,这次时间又巧,正好是双休日,也不影响你上学,你跟我一起去。"

这可真是做梦也想不到的大好事呀,柳小兵高兴得跳了起来。

隔了一天,想到第二天就要去阳明湖了,柳小兵兴奋得简直睡不着觉。半夜里他醒来好几次,每次都见叔叔在灯下奋笔疾书,为改稿会做案头准备。是呀,多年的愿望眼看就要实现了,叔叔心里怎么会平静呢?

第二天一早,叔侄俩就兴冲冲地出发了。来到阳明湖畔,那个姓王的编辑已经为他们叔侄俩安排好了客房住宿,又告诉叔叔说,另外几个诗人因为临时有事脱不开身,要隔一天才能赶过来,所以临时决定会议延期一天开始,他让叔叔干脆安心抓住这个机会再写些东西出来,争取把集子的内容搞得更厚实些。临走,他还把叔叔已经写就的稿件要走了,说争取连夜看出来,如果有要修改的地方尽量当场解决。

这下叔叔更激动了,趴在客房的写字桌上不停地写啊写,当晚他还喝了点酒,之后借着酒劲又一口气挥就了五首诗。他拣自己最得意的一首读给柳小兵听:"啊,六角形的生活就像一张六角形的网,六角形的希冀在我心中跳着六角形的舞……"叔叔充满激情地朗读着,声音颤抖,呼吸粗重。

他问柳小兵:"咋样?"

柳小兵摇摇头:"听不懂。"

"听不懂就对了!"叔叔对柳小兵说,"一听就明白的,那是顺口溜。好诗就是要让人觉着蒙蒙胧胧、似懂非懂，这样才能回味无穷。"

可是柳小兵好像没听懂叔叔的话似的，他牛头不对马嘴地看着叔叔，嘴里嘀咕说："对，是他，肯定是他！"

"你说的是谁呀？"叔叔丈二和尚摸不着头脑，"你这孩子，怎么一点文学细胞也没有？这么好的诗你不听，在想啥呢？"

柳小兵确实没在听叔叔的话，他在想另外一件事，确切地说是另外一个人，这个人就是王编辑。早上报到时，柳小兵觉得王编辑有点眼熟，一时没想起在哪儿见过，现在他眼前突然晃过一个身影，"叔叔，"柳小兵惊叫起来，"那个王编辑是个坏蛋。"

"啊？"叔叔吓了一跳，"你是说他把我的诗稿骗去发表？不可能吧，我告他侵犯我的著作权，他是要吃官司的。"

"不！"柳小兵摇着叔叔的胳膊，"这王编辑有点像上次我在梁爷爷家看到的那个坏蛋。"

"你说什么？你不会看走眼？文人穷归穷，可都是有骨气的，还没听说过有干这个的。"

"叔叔，"柳小兵还是循着他自己的思路在想，"王编辑要真是坏蛋，那会不会故意把我们骗出来，偷我们家的东西？"

"哈哈！"叔叔听柳小兵这么说，顿时松了口气，"你这傻小子，大概破案电影看多了吧？他要真是个坏蛋，就不会上我们家来了，我能有什么值钱东西让贼眼红的？我这回带你出来，是想让你开开眼界，可没指望你写什么东西，你别瞎掺和。好吧，咱们还是赶快睡觉吧，我得把精神养好，明天还有几个诗人来了，可就要动真格了。"

叔叔很快就进入了梦乡，可柳小兵却在床上辗转反侧，越想越觉得王编辑可疑，后来迷迷糊糊睡着了，又一再被噩梦惊醒，那个王编辑在柳小兵的梦里居然成了魔鬼。柳小兵再也睡不着了，一看窗外天已经有些发白，他一骨碌从床上跳起来，悄悄溜出房门,撒腿就奔车站,他决定自己一个人回家看看,叔叔白天要开会,让他好好休息吧。

回家路上,柳小兵越想越可怕,越是走近家门,他的心就越跳得厉害。果然,他到家一看,通向后院的门被打开了,有几个人好像在挖什么东西。柳小兵愣住了,刚想转身跑,胳膊猛地被人拉住,回头一看,是王编辑。

王编辑一怔:"怎么是你?"又立刻解释说,"嘿嘿,你叔叔给我的钥匙,他说有诗稿落在家里了,让我来拿。"

别说这番话破绽百出,就是编得再圆,柳小兵也不会相信,他现在心里想的是怎么逃出去报警。他脑子里正飞快地转着,忽听门外一声喊:"柳大诗人这么早就起来啦,没事吧?"

是梁爷爷的声音。对了,梁爷爷每天天不亮就要出门去晨练,一定是路过他们家,见有动静,弄不清怎么回事才开的口。柳小兵脑子灵,胳膊被王编辑拽着,心里已经有了主意,他朝门外大喊起来:"梁爷爷,你那枚玉蛋不是想出手吗?我叔叔已经给你找到买主啦!"

梁爷爷似乎愣了愣,随即答话说:"那好啊,我晨练回来就来找你叔叔。"

梁爷爷的脚步声渐渐远去了,柳小兵心里有点忐忑,他本想不露声色地暗示梁爷爷去报警,上次梁爷爷不也这样暗示过自己吗?如果当场把事情说穿,光梁爷爷和自己一老一小两个人,肯定制服不了这帮坏蛋,只有喊警察叔叔一起动手,这次可不能再让坏蛋跑了。可刚才我这么说,梁爷爷能明白意思吗?

柳小兵正这样想着,这时候,可恶的王编辑已经将他的嘴一堵,把他的手反绑起来,塞进了床底下。

也不知迷迷糊糊地过了多少时候,柳小兵突然觉得眼前一亮,原来是梁爷爷带着警察叔叔来了,他们把柳小兵从床底下抱出来,柳小兵一看,王编辑和他的同伙正一个个耷拉着脑袋,再也没了原先的神气。

梁爷爷告诉柳小兵,当初上他家去的,就是这帮家伙,他们这次是故意用改稿会的名义把柳小兵和他叔叔调开,然后从柳家后院秘密向隔壁梁爷爷家的地下室挖去,目标其实还是盯住了梁爷爷的古玩,幸亏柳小兵警惕性高,又巧妙地暗示梁爷爷及时报警,才使这帮坏蛋落入法网。

柳小兵叔叔闻讯赶回来,得知事情来龙去脉后感慨万分,一首新诗立马出现在他的笔下:"六角形的铁镣锁住了六角形的丑恶,呸,六角形的恶魔们,做你娘的六角形美梦去吧!"

至于叔叔为什么在诗里一定要用"六角形"这个词,柳小兵到现在还没弄明白。

（夏英恒）

（**题图**:箭 中）

# 魔鬼乐队

这天,小学老师苏侠下班经过文化馆小剧场门口,看到一张新贴出的海报,上面写着:魔鬼乐队现场演出,男女老少皆可入场;前三天每天听完全场者,领酬金十元。

苏侠是个乐迷,一看有这样的好事,就情不自禁地走进了剧场。一听,乐队水平不怎么样,但演奏非常认真,台上形成的一种气势能把台下观众牢牢吸引住。一场音乐会听下来,苏侠和大家一样完全被陶醉了,而且走出剧场的时候,还果真领到了十元钱。

回到家里,苏侠把这事儿告诉丈夫秦翔,可是秦翔不信。秦翔说:"天上哪会掉馅饼,你别跟着人家上当。什么队名不好起,偏要叫魔鬼乐队?"

苏侠反驳说:"你不要神经过敏好不好?'魔鬼'是现在最时尚的词儿了,身材好叫'魔鬼身材',人聪明叫'魔鬼智商',这魔鬼乐队嘛,顾名思义就是听了能让人着魔的乐队。"

秦翔笑苏侠天真:"你听一场音乐就这么痴迷,到现在脸都红成那样,十场听下来不神魂颠倒才怪哩!"

苏侠自己也乐了:"你别说,我明天还真想去,你和我一块儿去吧,你们干公安的别老谈案子,也需要艺术熏陶嘛!"

秦翔听了心里不由一动,可能是职业的敏感,他决定第二天和苏侠一起去听听这个不同寻常的音乐会。

可偏偏不凑巧的是,第二天傍晚,夫妻俩才出门,苏侠的手机就响了,是一个学生家长打来的,说孩子昨晚一整夜没回家,要老师帮着一起找,苏侠只好一脸失望地和秦翔分手。

秦翔独自一人前往,走到剧场门口,只见人山人海,走进剧场里面,也早已没了座位,秦翔找了半天,最后只好在一个靠墙的地方半倚半蹲下来。

演出马上就要开始了,透过密密的人群,秦翔突然发现前面有个人背影很像苏侠,他觉得很奇怪:不会吧,她怎么可能这么快就回来了?

秦翔赶紧拿出手机给苏侠打电话,果然是苏侠吞吞吐吐的声音:"我……本来是要去的,可不知怎么就回来了……"

秦翔心里一沉:苏侠平时不是一个不负责任的人,今天怎么竟会丢得下学生的事,何况还是这么大的事?想起昨天苏侠回来时那张兴奋的脸,秦翔心里一个闪念:莫非是……他不由浑身一个战栗,顾不上和苏侠多说话,当机立断关了手机就悄悄向台前靠去。"肯定有名堂!"他心里叫道。

这时候,全场灯光已经暗下来,大幕徐徐拉开,演出开始了。秦翔一面观察台上的动静,一面注意台下的反应。很奇怪,一直到全部演出结束,场上并没有任何反常的举动,就像苏侠昨天讲给自己听的一样，只是台下观众的反应好像比苏侠说的还要热烈，每一首曲子演奏完，都会响起暴风雨般的掌声，不少人甚至跟着节拍手舞足蹈，十分投入。

秦翔不甘心就这么离开，趁着观众退席离场的当儿，他一个灵劲儿潜到了后台，悄悄躲在角落里观察。哈，就这一个挪位，在大幕背后，他看到了一个不可思议的奇特景象：那些乐手下台后，竟然把乐器都放进一个特大号的池子里浸泡起来。

这是为啥呢？秦翔觉得非常奇怪。等乐手们走后，秦翔悄悄走过去一看，只见池子里的水一片乳白，他伸手往水里一蘸，再放到舌尖上一舔，明白了：水里掺的是白粉！原来乐队竟然在用这种丧心病狂的迷魂法拉拢观众，让他们对乐队的演出上瘾，不就是为了赚更多的黑心钱吗？

这一切，苏侠包括所有的听众，当然全都被蒙在鼓里。

话说散场后，苏侠走在街上觉得浑身燥热，想唱想跳想发泄，就想整天能有这样的音乐伴在耳边，她在街上兴奋了很久才回家。到家一看，秦翔不在，他给苏侠留了张条：我有任务不能回家，你那个学生的事怎么样了？小剧场不要再去了。切切！平时，秦翔工作一忙常不回家，苏侠也习惯了，所以这次也没把它当回事儿。只是丈夫提醒得对，自己怎么竟然把学生的事给忘了呢？于是她赶紧打电话，方才知道那个学生家长等不及她去，已经向公安局报了警。

放下电话，苏侠心里不由连连自责，可是到了第二天下学之后，她的两只脚不由自主地又向小剧场跑去。不过今天剧场里的气氛好像有点不一样，乐队队员的面孔全都换了，演奏的曲子虽然和前两天没什么两样，但就是少了那种能让他们着迷销魂的味道。开始，大家还凝神细听，可一会儿就耐不住了，台下起初是唧唧喳喳，而后便是吵闹声一片。

就在这时候，剧场里所有的灯突然"刷"一下全都亮了，几个身着公安制服的人出现在舞台上,苏侠一看,里面竟有自己的丈夫秦翔。

只见秦翔神色凝重地对大家说:"我现在郑重地告诉大家,所谓魔鬼乐队,其实是一个非法的民间组织,他们利用文化馆小剧场审批制度上的漏洞,借用了这个地方,用非法手段拉拢观众,企图赚黑心钱。他们用来演奏的每一件乐器,都是在毒品水里浸泡过的,表面上看不出什么,可一场音乐会下来,听的人就会着魔,就会在这种散发着毒品的空气中被他们牢牢地套住,哪怕他们明天开出五百元一张的票价,你也会想尽办法要买票来听……"

秦翔说到这里,台下顿时乱了套,哭的叫的,什么声音都有。可也就在这时候,一阵悠扬的小提琴声在剧场内响起,秦翔拿起话筒向大家介绍说:"现在,魔鬼乐队已经被我们公安机关取缔了!今天为大家演出的,是我们的阳光乐队,这个乐队的每一件乐器也都是浸泡过的,用的就是我们连夜突击研制出来的'驱毒散'。我们的音乐会是免费的,只要大家坚持来听三天,我们的阳光一定能驱散各位身上的魔毒!"

秦翔话音刚落,欢快的阳光乐曲声顿时响彻全场,台下的人一个个坐稳了身子,重又开始倾听起来。随着阵阵乐声入耳,苏侠的眼睛湿了,她真想一头扎进秦翔宽厚的胸膛,朝他深情地喊一声:"我的好丈夫!"

(梁洪涛)

(题图:安玉民)

# 送你一个黑皮包

阿皮有个外甥,叫"二狗",在省城一个工地上做包工头,阿皮羡慕得不得了,他做梦都想当老板,于是就学二狗的样子,无论走到哪里,腋下都挟着个黑不溜秋的包,村里人就戏称他"二老板"。

这天,二狗打电话给阿皮,问能不能帮他们工地找十个砌墙工,包吃包住,每人外加月工资六百块。二狗说:"舅舅,你哪天把人找齐了就带过来,你自己也别回去了,我这儿事多,忙不过来哩,你就做我的助手吧!"

阿皮一听心里乐了:十个砌墙的还不好找,二狗这不是真叫我去做二老板了?他拍着胸脯朝话筒里直喊:"小菜一碟的事儿,我明天就给你把人带去。"

果然，第二天村里就有十个壮汉打起铺盖卷儿，"呼啦啦"地跟着阿皮上了省城。二狗见阿皮办事这么利落，佩服极了，特地摆酒为他接风洗尘，席间还让人去替阿皮买了一套和自己身上一样的西装，一个和自己手上一样的黑皮包。这一来，阿皮鸟枪换炮可神气了，穿着西装挟着包，往工地上一站，着着实实过了把老板瘾。

可谁知好景不长，五个月完工后，阿皮按照约定去与二狗结账，二狗却突然卷铺盖不见了人影，追着一打听，才知工钱已经被二狗拿走了。阿皮气得一屁股坐在地上大骂二狗："你这个畜生，咋连你亲舅舅都骗了呀？"

跟着阿皮来的那十个老乡可不干了，嚷嚷着对阿皮说："狗皮袜子没反正，这工钱我们就冲你要，我们的血汗钱可不能白白打水漂。你要不给，我们就告你个舅甥合伙诈骗，让你蹲笆篱子啃窝头儿去！"

阿皮一听，急得满脸的汗直往下淌：十个人光一个月的工钱就是六千，五个月那就是整整三万哪，自己就是把家底全折腾光了，也堵不上这个口子啊！怎么办？

情急之下，阿皮还算聪明，毕竟在工地上做了五个月二老板，总也认得了几个熟面孔，于是他东借西拼地凑了一点钱，决定先把这十个老乡打发回家，自己留在省城，非要找到二狗，把钱要回来不可。

那十个人想想也没有更好的办法，只好气呼呼地扛起铺盖卷儿回去。他们想得也对：反正阿皮老婆、孩子都在一个村子里，跑得了和尚跑不了庙，到时候不怕逮不到你。

老乡们走后，阿皮开始疯了似的天天挟着个黑皮包满大街地寻找二狗，身上的西装早就没了往日的风采，皱巴巴地不成样子。

这天，阿皮实在觉得没了找处，走到车站前的广场上时，就想找个地方歇歇。突然，他瞥见二狗从眼前匆匆一晃，他一个箭步上去，"噌"地一把揪住了他："你这个兔崽子，看你这回还往哪儿跑？"

二狗一惊，一看是阿皮，小眼睛一眨，大叫起来："舅舅，你这些天跑哪儿去了，我到处找你啊！"

阿皮一怔，糊涂了："是你找我，还是我找你？算你小子混出息了，居然连你亲舅舅都骗……"阿皮扯着大嗓门，众人都围了上来。

二狗到底是做下了亏心事，见这阵势慌得忙把阿皮拉到一边，小声哀求说："我的好舅舅，我再怎么着也不敢骗你啊，你别这么大声说话好不好？走，咱们找个地方喝一盅，听我慢慢对你说。"

阿皮已经好多天没有好好吃过一顿饭了，他心想：走就走，先吃饱肚子再说，还怕你小毛贼子长翅膀飞了不成？

来到饭店，酒菜上齐，可二狗只是自个儿闷着头喝酒，一字不哼。

阿皮憋不住了："你小子这会儿哑巴了？那三万块工钱你整哪儿去了？说！"

谁知阿皮这"说"字刚出口，二狗眼泪就"哗哗"下来了，"扑通"一声跪在阿皮跟前，说："舅舅，我对不起你，我不是人，我该死。半个月前朋友给我介绍一宗买卖，说转手就可以赚几十万，我一时糊涂，手头的钱转不过来，就把你们那三万块工钱给填进去了。原以为很快回本了就可以把钱堵上，可谁知我那朋友是他妈大骗子，把钱全给卷跑了……"

"什么？"阿皮一听二狗说三万块全给骗子卷没了，眼前一黑，差点从凳子上滑下去，"你这是造孽啊，你让我回去咋向他们交代？你让我今后咋还有脸在村里抬头做人？"阿皮真恨不得把二狗给宰了。

二狗知道自己闯下大祸了，急忙从地上站起来，从皮包里摸出一沓散钞，递给阿皮，说："我现在只剩下这三千块了，舅舅你先拿回去，给他们每人分点，就算是那三万块的利息吧，以后等我把钱挣回来，我保证一分不少全还他们。"

唉，事已至此，能有什么辙？阿皮只好把这三千块钱塞进自个包里，瞪着眼睛关照二狗："你小子说话可要算话！"

从饭店出来，阿皮就想赶紧把钱送回去，二狗为了表示诚意，一定要送他到车站。阿皮一看前面就是一个公厕，说："那好，你在这儿等着，我去方便一下，省得待会儿在车上麻烦。"说着，就夹着黑皮包上公厕去了。

别以为阿皮吃了就要拉，他这是在找借口，因为阿皮怎么想都觉得这三千块放在包里不合适，怕一会儿万一在车上睡着了会被人摸去，刚才饭店里人多眼杂，所以他想趁现在上厕所的机会，悄悄把钱藏进贴身衣兜里去。

正好，公厕里一个人也没有，阿皮赶紧打开包，他正要把手伸进去拿钱，却一下惊得目瞪口呆：才在饭店里放进去的三千块，现在居然变成了厚厚三扎百元大钞，估摸着就是三万来块。阿皮心里顿时"怦怦怦"狂跳起来：这是怎么回事？

他见包里还有一叠名片，拿出来一看，上面都是二狗的名字。阿皮明白了：一定是二狗和自己互相错拿了包。这下他气得不是一点点啊：原来二狗这小子刚才是在做戏给我看呀！看他那又哭又号的样子，自己差点上了他的当。

阿皮气鼓鼓地冲出去就要找二狗算账，忽一想：何必呢，自己这些天着急上火，不就是为了讨回这三万块吗？既然现在钱已经捏在自己手里，那还不如赶紧回家，免得夜长梦多。于是，阿皮赶紧把三扎百元大钞从皮包里拿出来，分散放进自己内衣口袋，又在墙角找了块砖头塞进皮包，随后就朝厕所外走去。

哼，对付二狗这家伙，就得用这样的法子。

此时，二狗正站在不远处等着阿皮，见他出来就立刻迎了上来。阿皮赶紧招呼二狗上车站，正在这时候，有个长头发的年轻小伙子突然"呼"地一下从阿皮身边擦过，阿皮只感觉手一松，不好，包没了。原来这家伙是打劫的！

阿皮一边朝二狗大喊："包，他抢我的包啊！"一边拔腿就要追。

二狗连连跺着脚，说："追也没用，碰上这种事算你倒霉，你追得过他？"

果真，说这话的时候，那打劫的已经钻进人群不见了。二狗责怪阿皮说："舅舅，你也真是，连只包也拿不住！现在你可别再说我没帮过你，你以为我这三千块钱是好赚的？"

看着二狗气呼呼的样子，阿皮心里乐呀：这打劫的可是帮了我大忙了啊，现在二狗就是发现拿错包也没辙了。哼，你会演戏就不兴我演？我还要演过你哩！

于是，阿皮装出又气又伤心的样子，对二狗说："这个缺德小子，包都被他抢走了，我还怎么回得去呀？"

出乎意料的是，二狗这次总算还大方，大概是怕阿皮借口再继续留在省城不走吧，只见他一边打开自己的包，一边对阿皮说："算了，舅舅，你千万别上火，回家这点儿钱我还是拿得出……"话没说完，就听他"啊"一声惊叫起来，脸变得煞白："坏了，那……那小子抢走的是我的包……我的包哇！"

二狗顾不得再和阿皮说话，撒开两条腿，一边狂叫着："搞错啦，搞错啦！"一边就朝刚才那打劫的跑远的方向猛追了上去。

望着二狗远去的背影，阿皮兴奋极了：你这个臭小子，追吧，追上了也是臭砖头一块。

可阿皮不知道，抢包其实是二狗导的一场戏，是他故意使的坏。

你想，二狗这种人怎么肯白白给阿皮三千块钱呢？他是趁阿皮刚才上厕所的时候,与一个哥们串通好演这场戏的,说定事成之后两人平分这三千块。可现在他发觉自己和阿皮错拿了包,也就是说,他这哥们从阿皮手里抢走的其实是他的包,整不好这哥们会独吞了包里那三万块啊,二狗能不急着去追吗?

不过,现在对阿皮来说已经无关紧要了!此刻他已经悠悠地坐上了返乡的大客车,想想刚才的经历,忍不住地就要咧嘴笑:哈哈,老天爷帮我啊!

得意之际,阿皮下意识地用手一摸,猛地记起自己的皮包已经没有了,再怎么说想想自己也当了回二老板,到头来却连个包都没挣下,心里不免有点懊丧。不过一想回村后乡亲们拿到钱后的高兴劲儿,准会把自己捧上天,阿皮不禁挺直了腰板儿,心满意足地笑了。

(张晓峰)

(**题图:**李 加)

# 专业水平

　　银行家泰勒开着自己的私人飞机去赌城拉斯维加斯度周末,飞机上还有两个人,一个是他的太太,另一个是他年轻貌美的女秘书海妮。

　　和很多有钱人一样,泰勒早就厌烦了自己的太太,悄悄和女秘书海妮打得火热。但是他不想和太太离婚,因为那样的话,他要赔一大笔钱。不过太太真是个累赘,就拿这次去赌城度假来说吧,本来泰勒只带海妮来的,可不知怎么被太太知道了,吵着非要一起来,这下可好,他和海妮两个人共度周末的计划只好泡汤。

　　泰勒正在想心事,突然飞机一阵剧烈颠簸,太太吓得一声尖叫。泰勒一边查看仪表盘,一边恼怒地说:"见鬼,引擎熄火了,只能找个地方迫降。"

"迫降?"太太一听飞机要迫降,又吓得尖叫起来,"下面全是山,怎么迫降?太可怕了,我们会受伤的!"

坐在一旁的海妮却显得十分冷静,说:"泰勒太太,受伤总比送命好,否则,我们就会和飞机一起同归于尽。"

泰勒赞赏地对海妮点点头,吩咐海妮和太太系好安全带,然后找了一个比较平缓的山头俯冲下去。一阵惊心动魄的震动和巨响之后,飞机终于停了下来,泰勒真是欣喜若狂:谢天谢地,人还活着!他转转脖子,感觉没有什么异样,又转过身去看身后两个女人,发现海妮没有受伤,但太太的脚腕折断了,痛苦地呻吟着。

泰勒和海妮将太太抬下飞机,来到一处背风的地方,那儿地上积着一层很厚的松针,就像一张松软的大床。泰勒从飞机上取来毯子,盖在太太身上;海妮以前当过护士,她从机舱的备用药箱里找出纱布,替太太包扎脚腕。还没到目的地就遭此大祸,太太心里窝囊极了,嘴里一直咕咕哝哝着,不久之后就昏昏沉沉地睡了过去。

接下去该怎么办呢?泰勒在山头上四处看,想找下山的路,海妮却挽着他的胳膊,把头轻轻靠在他的肩上,喃喃道:"像现在这样多好,就我们两个,我们永远在一起,没有人会知道。"

"没有人会知道?"海妮这话让泰勒敏感地浑身一震,感觉自己的心跳在加速,他停下脚步,扭头看着海妮,"你的意思是……"

海妮笑了:"亲爱的,飞机迫降是很危险的,很多人会在飞机着陆时扭断脖子……如果做一下手脚,你太太以后就永远不会再来烦我们了。"

泰勒立刻明白了海妮这话是什么意思,他眼睛一亮,可随即又摇头:"不能那样,不能那样。"

海妮的语气急促起来:"亲爱的,这是一个好机会,难道你就让它白白放过?除掉你的太太,我们就可以幸福地生活在一起。如果你下不了手,我可以帮你啊!别忘了,我做过护士,我的专业水平足以让她毫无痛苦地死去。"

经不住海妮这一说,泰勒终于动了心,两个人于是就细细商量起来,然后,他们回到太太身边,吃了点巧克力糖,就躺了下来。这一晚因为有心事,他们两个人几乎都没有合眼,只有泰勒太太睡得很死,还发出阵阵鼾声。

半夜里,山上开始下雪了,到天亮的时候,山头已经被白雪覆盖,温度下降了很多。泰勒太太大概是被冻醒了,慢慢睁开了眼睛,泰勒于是赶紧俯身对太太说:"亲爱的,你躺着,我这就下山去找人来救我们,海妮会在这里照顾你的。"说完,他朝海妮使了个眼色,就独自走了。

泰勒需要找一条下山的路,还要给海妮留下动手的时间。因为海妮告诉他,一具尸体在山上冻一夜,肯定是僵硬的,如果现在把泰勒太太干掉,她的尸体是温暖的,非被警察看出破绽不可。所以海妮把太太弄死以后,还必须把太太的尸体在雪地里埋几个小时,那样才能让人相信。

泰勒在山上急急慌慌地走着,他希望能碰上个人问问下山的路,可如此恶劣的气候,要想在大山里找到人烟真不是一件容易的事。果然,泰勒在山上走了很久,连个人影也没有见到,他不由紧张起来,万一这是座荒山,方圆几百里都没人的话,那他和海妮不也要被活活困死在山上?

不过万幸的是,翻过一座山头之后,泰勒突然听见远处有汽车发动的声音,他顿时激动起来,朝声音传来的方向飞奔过去,绕过一片树林,一条盘山公路豁然出现在眼前。泰勒兴奋极了,想到自己和海妮终于可以得救,他情不自禁地跑到公路边,用力挥起手来。

不一会儿,就见一辆汽车朝他这个方向开了过来。可就在这时,泰勒忽然回过神来:自己还要回去帮海妮伪装现场,现在可不能带人上山哪!想到这儿,他急忙躲进树林里。那辆车开到跟前,在路边停下,从车上跳下来两个人,东张西望,嘀嘀咕咕着,显然他们是在找刚才向他们挥手的泰勒。可泰勒此时哪敢出声啊,屏住呼吸,等他们重新将车开走以后才钻出树林,顺原路回到海妮那里。

泰勒迫不及待地问:"事情办好了吗?"

海妮说:"你放心,我可是专业水平,绝对看不出破绽,我只稍稍用了一下力,就扭断了她的脖子。现在她还埋在雪里呢,我们去把她抬上飞机吧。"

泰勒和海妮把泰勒太太的尸体从雪地里搬出来,然后用毯子裹着,小心翼翼地抬上飞机,放到她原来坐的那个座位上。

两个人刚把这些事做完,山路上就传来了说话的声音,一个警长带着两个警员来到泰勒和海妮跟前。原来,刚才公路上被泰勒拦下的那辆车的主人觉得事情很蹊跷,就报了警,警长他们这才顺着山道找上来。

警长问泰勒:"先生,您这里发现有什么异常情况吗?"

"哦,哦,"泰勒竭力让自己镇定下来,然后编起了故事,"飞机迫降的时候,我的头被撞了,刚才一定是神志不清,不知道自己在干什么,我只记得自己迷了路,在山里乱转,然后……然后就回到这里来了。"

"这是常有的事儿,您放心,我们看一下现场吧。"

泰勒见自己的谎话瞒过了警长,十分得意,就领着警长来到飞机前,装出十分难过的样子,说:"迫降的时候我太太的脖子被扭断了,当场就……真是太不幸了!"

警长一点没有对泰勒的话表示怀疑,安慰了几句,就让两个警员把泰勒和海妮送下山,又另外派人上来清理现场。

　　第二天一早,警长把泰勒请进了警察局,泰勒一见警长脸上那严肃的表情,心里就"怦怦"直跳。

　　果然,警长开门见山冷冷地问:"泰勒先生,到底是谁动手杀死您太太的? 您,还是那位小姐?"

　　泰勒浑身一颤,却强作镇定:"您说什么? 警长先生,我不懂您的意思。"

　　警长微微一笑:"泰勒先生,你们很聪明,但是任何人都难免犯错,你们也是。我看,你们至少犯了两个错。"

　　"什么……哪两个错?"泰勒喃喃地问。

　　警长说:"我们发现您太太的时候,她的衣服是湿的。你们忘了,她身上的雪在室外摸是干的,可一旦进入机舱这样温暖的地方,就会融化……"

　　警长一边说,一边在观察泰勒脸上的神情:"你们还犯了一个更致命的错! 我们了解到,海妮小姐以前做过护士,她给您太太的脚腕包扎得很有专业水平。可是试想一下,如果您太太在飞机迫降时就扭断了脖子和脚腕,你们还会给一个死者去包扎脚腕吗?"

　　泰勒一听警长这番话,只觉得脑子里"嗡"地一下,头上的冷汗像小溪一样淌了下来,嘴里恨恨地说:"专业水平……这该死的专业水平……"

(李　唐　改编)

(**题图**:箭　中)

# 电话上的花招

已经是晚上九点钟了,柯克大侦探才刚刚收拾好桌上的案卷。他正要离开办公室,电话铃响了,拿起来一听,是西班牙朋友费加博士打来的。

博士这几天正来此地出席一个国际人类基因研讨会,原本明天上午要宣读科研论文,可今天下午一个名叫黑山四郎的人却突然找上门来,非要他以一百万美元的价格出让他的科研成果,否则就将采取进一步行动。博士对这种明目张胆的威胁气愤不已,可自己又想不出对付的办法,于是便找柯克大侦探求救。

柯克一听,当然义不容辞,立即要博士给他描述一下这位黑山四郎先生的相貌特点。谁知博士才说到一半,柯克就听到话筒里传来按门铃的声音,博士连忙给柯克打招呼:"对不起,请稍等一下,好像有人来了。"

柯克职业性地扫了一眼墙上的挂钟,这时是九点十五分,他继续握着话筒,耐心地等博士回来继续介绍情况,可是足足等了十五分钟,始终没有听到博士的声音。

这是怎么回事?难道是博士只顾接待客人,把打电话的事忘了?就在柯克感到十分蹊跷的时候,对方把电话挂断了。

柯克觉得不对劲,马上通过电话局查到博士下榻的酒店房间电话,打了过去。电话很快接通了,可是却没有人接,柯克感到事情不妙,立即冲出办公室,驾车直奔酒店。

博士的房门没有上锁,柯克进去一看,博士已经倒在地上断了气,一把尖刀刺透了他的左胸;博士的旅行皮箱打开着,里面被翻得一塌糊涂。

这时候,柯克想到要做的第一件事是检查电话机。只见话筒很正常地搁在电话机上,是博士自己放上去的,还是罪犯在杀害博士以后发现话筒扔在一边而放上去的呢?如果是罪犯放上去的,那么至少罪犯在九点十五分到九点三十分之间没有离开过这个房间。另外,让柯克十分费解的是,他发现电话机上湿漉漉一片。

这是为什么?柯克立刻报了警。

警方根据柯克提供的线索,首先一一排查酒店旅客,结果发现九楼910房内住着的客人,虽然身份证上的名字叫平岛纠夫,但是他的相貌与博士在电话里给柯克描述的黑山四郎先生极其相像。

警察单刀直入问平岛纠夫:"九时十五分至九时三十分这段时间,你在哪里?"

平岛纠夫回答说:"我就在这个客房里呀。"

警察追着问:"有什么人可以证明吗?"

平岛纠夫嘴一撇：“用不着什么人证明，你们不信的话，可以去问电话局，我正巧在这个时间里打过两个电话，一个打给我母亲，一个打给我朋友。”

警方与电话局核实，果然如平岛纠夫所说。这就是说，在这段时间里，平岛纠夫确实在他自己的房间里，而不可能去博士那儿，平岛纠夫有完全不在现场的证明。

那么，博士在电话里说的那个黑山四郎到底是谁？难道还有另外一个人杀了博士，然后挂上了电话？

柯克盯着湿漉漉的电话机沉吟起来。

几分钟之后，柯克脸上露出了释然的笑容，转而肯定地对平岛纠夫说：“你这种小花招瞒得了别人，可休想瞒过我。你就是黑山四郎，你就是杀害博士的凶手！”

平岛纠夫脸涨得通红，嚷嚷道：“你凭什么这么武断？”

“别演戏啦！”柯克说，“你没法逃脱罪责。九点十五分你敲开博士客房的门，向他索取论文，不成之后你就对他下了黑手，并窃走了他的论文稿。此时，你突然发现电话没有挂上，于是就耍了个花招，把冰箱里的冰块拿出来，搁在话筒和电话机之间，当冰块全部溶化后，话筒就可以自然落下，挂回电话机上。为了应付日后警方的侦查，你潜回自己客房之后，故意给你母亲和朋友打电话，以日后给警方提供自己不在现场的证据……”

柯克话还没说完，黑山四郎脸上的肌肉已经不由自主地痉挛起来。

柯克的两道眼光犹如两把利剑，直射在平岛纠夫的脸上：“你以为这样做就神不知、鬼不觉了？可正是这个湿漉漉的电话机，泄露了你的全部秘密。怎么，难道你还能有其他的解释？”

黑山四郎傻眼了，再也没有了招架的功夫。

（郑开慧）

（题图：安玉民）

# 墓中的稀罕物

　　四十多岁的于得利,靠在农贸市场上坑蒙拐骗发了点小财。但是渐渐地,他对这种小打小闹没了兴趣,总想来点大的,赚它个几万、几十万,他觉得那才成气候。

　　这天,于得利在街上走,忽然有个汉子拍拍他的肩头,说他印堂发亮,近日一定会发大财。于得利平时相信这个,所以被汉子这么一说,立刻来了兴致,拉着他报上自己的生辰八字,让他给自己算算。

　　那汉子眯着眼,掐着手指算了一阵,说于得利是土命,这财自然也就发在土上。于得利一听"发财"两字,哪肯放过,忙将一张大票塞到汉子手里,求他再给自己点拨点拨。

　　汉子于是便凑到于得利耳边,轻声道:"在洛阳铲上下功夫吧！"

　　汉子这一说，于得利听懂了：这是叫我盗墓挖古董呀！他眼前不由一亮：现在古董行情看涨，一个破罐碎瓶都能值几万，只要干它一回，自己不就发财了？于得利突然想起，小时候就听村里的老人说起过，清代有个姓张的总督，就葬在村子附近。他狠命捶自己脑袋："哎呀呀，发财机会就在身边，怎么自己早想不到哪？"

　　辞别汉子后，于得利就去市场上买了一把洛阳铲，借着青纱帐的遮掩，偷偷摸摸地在村前村后这边刨刨、那边挖挖，找起那个张总督的墓来。一连三天，于得利找得脚掌都磨破了，刨得腰也快直不起来了，但是劲儿却一点不减。为了发财，他这回可是一点不怕苦，简直把命都豁上去了。

　　就在玉米叶子快要变黄的时候，这天傍晚，于得利终于在村西一片洼地上挖到了一个墓洞。但这时他手里的洛阳铲已经钝得不行，没法再用了，于是第二天赶早就奔农贸市场又去买了一把。

　　可是于得利刚付了钱，就有人拍他的肩头，于得利一看，又是先前那个汉子。汉子笑嘻嘻地问他："要发财了吧？"

　　于得利一声不吭，拿过铲子就走。为啥？这不明摆着的嘛，自己好不容易找到墓洞，可不能让这汉子占便宜去。

　　于得利买罢铲子回家，白天不敢动手，好不容易熬到晚上，他扛着铲子跑到西洼地上，挖了大半夜，终于把墓洞挖通了。他开心哪，心里大叫着："财神爷啊财神爷，我总算遇上您啦！"

　　墓洞足有三四米深，于得利拿出事先准备好的绳梯放下，然后顺着梯子下到墓里。墓穴很大，但让于得利扫兴的是里面并没有什么青铜器、瓷器之类的东西。于得利不甘心，打着手电趴在地上一个劲地扒，终于在墓角处扒到一堆朽骨，在朽骨里找到一块比巴掌大点儿的牌子，拿到墓砖上一磨，立刻变得金晃晃的。这下于得利兴奋啊，激动得直喘粗气，他小心翼翼地把金牌往兜里放好，随后就准备爬绳梯出洞。

就在这时候，突然从墓洞口传来轻轻一声喊："喂，听着，你先把宝贝挂在绳子上，宝贝上来后你再上来，要不我就用塑料布捂紧洞口，让你永远和张总督做伴儿去！"

于得利听出喊话的就是那个汉子，这才明白自己被他当枪使了。可于得利也不是省油的灯，他对那汉子说："我在洞里快要憋死了，你先让我上来换口气，要不，我就把这里的瓶瓶罐罐全砸了。"

这招儿挺灵，汉子一听"瓶瓶罐罐"，以为下面东西不少，立刻不敢再逼于得利了，答应让他先上来，条件是墓里的东西四六分成，于得利拿四，汉子得六。于得利这会儿当然不会说不同意，于是汉子就让于得利爬了上来。

于得利爬到墓洞口一看，汉子拿着亮晃晃的刀子直对着他，就连忙对他说实话："我告诉你，这墓肯定被盗过，要不就是这姓张的是个他娘的清官，再不就是让皇帝老子抄过家了，洞里什么都没有，不信你自己下去看。"

此时汉子怎敢下去？他操起刀子浑身上下抄于得利的身，那块金牌立刻就被他从兜里抄了出来。汉子拿过金牌使劲擦拭，擦了一会儿，打着手电细细一看，立刻大骂于得利："你这个笨蛋，这是铜的！"

于得利一听，顿时像泄了气的皮球，滚倒在地上。

可汉子不甘心，因为他事先听说过，葬在这一带的这个姓张的总督，曾得到过康熙皇帝的御赐腰牌，如果这铜牌就是那块腰牌的话，这可比金牌还贵重呢，汉子于是继续狠着劲地擦。

擦了好久，铜牌上的字迹终于清楚了！汉子一看，正中是两个大字"借牌"，旁边还有一行小字，"为乞长寿，从灵言寺无碍大法师手中借德赎罪，三年偿还"，最后署名"张德仁，乾隆三十二年秋"。

汉子现在知道了,这个姓张的总督大名张德仁,可他搞不懂这借牌到底值不值钱,一时愣在那儿,把牌子拿在手里反复掂量。

突然,汉子发觉借牌反面密密麻麻还有字,一看,内容大意是:张德仁巧取豪夺一生,聚财万贯,但是虽然家财富有,家门却是不幸,先是妻妾相继离世,接着两个儿子先后亡故。张德仁此时悟出一个道理:缺德败家短寿。于是便广做好事,尽散金银,可家门依然不太平,小儿子最后也暴病而去。张德仁于是就去向灵言寺大法师借"德",承诺为乡民修桥铺路三年,以苦力偿还。谁料只过了两年,张家就遭大火,烧得片瓦无存,张德仁也在大火中丧身。如此,张德仁所借三年德债就还欠了一年。借牌上说:日后挖坟盗墓得此牌者,即为续债之人,如不偿还,将得同样下场。

汉子看完吓得魂飞魄散,立刻把借牌扔给于得利。

于得利看了之后,对汉子说:"你扔也没用,你得了这牌子,就该是还债的人,哪怕逃到阎王老子那里,你也得还,还不如按事先说定的四六比例,咱俩老老实实一起还吧!"

汉子哭丧着脸,说不出一句话来。

从那以后,市场上就再也见不到于得利和那汉子的身影了。

(亢瑞征)

(题图:蔡解强)